역시 저는
오늘도 귀엽네요.
After all, I'm cute today too.
일레이나
KB273817
©nccömi

???
암네시아
일레이나 님의 소유물입니다.
일레이나 씨, 보고 있어.

SCHOOL STORY
OF WANDERING WITCHES
CHARACTER

사야

일레이나

꼼꼼하고 끈질기게
지켜볼게요!

감사합니다. 우수한 학생입니다.

©necömi

실라

프랑

나는 절대로 안 할 거라고!!

과연…… 일리 있네요.

이걸로 이 몸의
승리다!

괜찮아.
들키지 않으면
문제없으니까.

아름다운 꽃은
바라보는 겁니다.

루세라

프리실라

미나

©nerömi

단상 위, 눈부신
스포트라이트
중심에서
드럼 스틱이 리듬을
새깁니다.
그리고 저는
노래했습니다.
여기에 있는 것은,
저희의 일상.
평소와 같으면서,
하지만 아주 조금
다른 일상.

©necömi

CONTENTS

마녀의 여행

SCHOOL STORY OF WANDERING WITCHES

학원 이야기

Shiraishi Jougi

시라이시 죠우기

Illustration

necömi

커버 및 본문 일러스트 necömi

새로운 한 주가 시작된 월요일.

마을의 거리에 미소녀가 있었습니다.

살랑이는 긴 머리카락은 잿빛, 눈동자는 유리색. 생김새는 360도 어디에서 보아도 단정. 마치 때 묻지 않은 아름다운 꽃.

몸에 걸친 것은 감색 블레이저와 암적색 스웨터, 그리고 짙은 감색의 스커트. 요컨대 그녀는 교복 차림. 등교 중이었습니다.

그나저나 다른 이야기입니다만, 여러분은 '호랑이 등에 날개'라는 말의 의미를 아십니까? 모르는 경우엔 가지고 있는 사전을 펼쳐봐 주십시오. 거기에는 '교복을 입은 일레이나 씨'라고 쓰여 있을 겁니다. 없다면 써넣어 두시기 바랍니다. 길을 걷는 그녀의 모습은 그 정도로 아름다웠고, 스쳐 지나가는 사람마다 돌아볼 정도였습니다.

분명 성격도 얌전하고 착한 아이일 테지요. 이렇게나 예쁘게 생긴 소녀가 속 시커멓다니 있을 수 없는 일입니다.

"흐음……."

이윽고 그녀는 길을 가던 도중에 멈춰서서, 빤히 응시했습니다.

눈앞에는 빵집. 아침부터 영업하는 유명한 가게로, 그녀 주변으로도 갓 구운 빵의 달콤한 향기가 퍼져 왔습니다.

시선 끝에는 쇼윈도. 반짝반짝 빛나는 가지각색의 빵이 진열되어 『일레이나, 나를 먹어봐!』라고 속삭이고 있었습니다. 적어도 그녀의 귀에는 그런 말이 들려온 것만 같았습니다. 평소에도 빵을 지나치게 먹는 탓에 그녀의 머리는 좀 그랬습니다.

완전무결한 그녀에게 유일한 결점이 있다고 한다면 빵에 사족을 못 쓴다는 것.

하지만 그런 면도 익살맞고 귀엽군요.

"후훗……."

이윽고 그녀는 혼자서 키득 웃음을 터뜨렸습니다.

분명 가게에 진열된 빵이 그녀를 향해서 재미있는 농담이라도 던진 것일 테지요.

"역시 저는 오늘도 귀엽네요―――."

아니었습니다.

쇼윈도에 비친 자신의 얼굴을 보고 있을 뿐이었습니다.

완전무결한 그녀는 빵에 사족을 못 쓰는 여고생이었지만 그보다도 자신의 얼굴을 더 좋아했습니다. 빵을 살지 말지 고민하던 도중에 자신의 얼굴이 눈에 들어왔고, 그런 고민을 하고 있을 때가 아니게 되어버렸던 것입니다.

하지만 그런 면도 익살맞고 귀엽군요.

그렇게.

여전히 빵집 앞에 서서 풀어진 얼굴을 하고 있는 그녀는 대체 누구일까요?

그렇습니다. 저입니다.

"―――좋은 아침이에요! 일레이나 씨."

딸랑딸랑, 종소리가 그녀의 바로 옆에서 울렸습니다.

시선을 돌려보니 거기엔 그녀와 같은 감색 블레이저를 걸친 여고생이 한 명. 숯처럼 검은 쇼트커트.

활짝 웃음꽃을 피우는 그녀는 저의 동급생.

자주 함께 행동하는 친구 중 한 명.

"사야 씨."

였습니다.

…………

대체 언제부터 가게 안에……?

제가 유리를 향해서 히죽거리며 넋을 잃은 장면을 들키고 만 것일까요?

아니 아니 설마.

그럴 리, 없겠죠――?

"왜 그러시나요? 일레이나 씨. 어쩐지 표정이 굳었는데요."

경계하는 제 앞에 있는 사야 씨는 평소처럼 발랄한 표정을 한 채로 고개를 갸웃거렸습니다.

……이 반응을 보아하니, 괜찮은 걸까요?

"사야 씨, 혹시 방금, 봤나요?"

저는 주저하며 물었습니다.

그러자 그녀는 "뭘요?"라며 고개를 갸웃거렸습니다.

"그러니까 방금이라니, 뭘 말인가요?"

네. 못 봤나 보군요.

"아니 아뇨 아무것도 아닙니다. 못 봤으면 됐습니다."

저는 진심으로 안도했습니다. 유리에 비친 자기 자신에게 넋을 잃은 모습 같은 건 부끄러워서 도저히 남에게는 보여줄 수 없으니까요.

하마터면 아침부터 큰 망신을 당할 뻔했습니다.

한편 저의 좋은 친구인 사야 씨는 평소와 같은 모습으로 제 옆으로 다가오더니 "그보다 이것 좀 보세요! 이거!"라며 스마트폰을 들어 보였습니다.

그녀는 뉴스에서 본 기사와 SNS에서 주운 재미있는 동영상과 사진 같은 것들을 자주 제게 소개해주곤 했습니다.

"네네. 오늘은 뭔가요?"

"어둠의 루트로 입수한 엄청 위험한 영상이에요."

"엄청 위험한 영상?"

대체 뭐죠?

화면을 들여다보는 저.

"이거, 누군지 아시겠어요?"

거기에 떠 있던 것은 히죽거리는 표정을 지으며 유리창을 바라보는 한 미소녀.

"맞아요. 일레이나 씨예요."

…………．

"와아 정말이네요. 대단해라."

저는 그 즉시 삭제해버렸습니다.

"아아아아아아아아!! 일레이나 씨, 무슨 짓이에요!!"

"죄송합니다 손이 미끄러져서."

역시 봤던 거군요.

본 데다가 심지어 영상까지 찍고 있었던 거군요.

"모처럼 귀엽게 찍었는데……."

시무룩해지는 사야 씨.

저는 허리에 손을 얹고서 뺨을 뾰로통하게 부풀렸습니다.

"무슨 말을 하는 건가요."

몰래 찍지 않아도 저는 귀엽거든요.

"도촬은 범죄니까 안 돼요. 사야 씨."

"지금 뭔가 뱉은 말과 속마음이 다르지 않았나요?"

"아뇨 딱히."

무슨 말씀이신지.

아무튼, 농담은 이쯤 해두기로 하죠.

저도 딱히 늘 제 얼굴에 자만하고 있는 것은 아닙니다.

단순히 기분이 좋을 때 그런 농담을 늘어놓을 뿐입니다. 오늘은 어쩌다 그런 순간을 들켜버리고 만 모양입니다만.

"그보다 일레이나 씨는 가게 앞에서 뭘 하고 있었던 건가요?"

"잠깐 머리를 손질하고 있었습니다."

"아니 아무렇지 않게 '저는 오늘도 귀엽네요' 같은 말을 했던 것 같은————."

"사야 씨야말로 이런 데서 뭘 하고 있었나요?"

듣기 곤란한 말은 잘라버리는 저.

그녀는 "네?" 하고 미간을 좁히며 답했습니다.

"빵집에서 살 거라곤 하나밖에 없잖아요."

그리 말하는 사야 씨의 손에는 빵집에서 산 것으로 보이는 봉투가 하나.

과연, 그렇군요.

"제게 바칠 공물, 인가요……?"

"아니 그냥 제 점심밥이거든요?!"

"점심밥이 크루아상과 소시지빵과 카레빵과 멜론빵인가요? 한 번에 네 개는 좀 부담스럽지 않나요?"

"어떻게 봉투만 보고 내용물을 아는 거죠……?"

"저이기 때문입니다."

저는 가슴을 펴며 말했습니다.

참고로 이 빵집의 인기 메뉴는 크루아상이라는 것도 가르쳐드렸습니다. 예에 따라 의기양양한 얼굴을 하면서 말이죠.

"거기 두 사람, 가게 앞에서 뭐 하는 거야?"

그리고 제가 설명하는 도중에 가게 문에서 다시 종소리가 울렸습니다.

안에서 나온 것은 백발 쇼트커트에 카츄샤를 한 한 명의 여학생. 저와 사야 씨와 똑같은 교복으로 몸을 감싼 그녀 또한 동급생.

자주 행동을 함께하는 친구 중 하나.

"암네시아 씨."

였습니다.

손을 흔들면서 "당신도 있었습니까?" 하고 묻는 저.

밝은 표정으로 암네시아 씨는 말했습니다.

"응. 둘이서 빵을 사고 있었어."

"저에게 바칠 공물을……?"

“아니 그냥 점심밥이거든?!”

어째서 공물을 사야 하는 건데? 하고 상당히 당황스러워하셨습니다. 추가 타를 날릴 셈은 아닙니다만, 일단.

“점심은 초코 소라빵 하나가 다인가요? 소식하는군요.”

그렇게 방금 사 온 봉투를 바라보며 걱정하는 저.

“어떻게 봉투만 보고 내용물을 아는 거야……?”

그녀는 무척이나 당황스러워했습니다.

어떻게 아느냐고 물으신들 저이기 때문이라고 말할 수밖에 없겠군요.

“암네시아 씨, 암네시아 씨.”

사야 씨가 옆에서 그녀의 어깨를 두드린 것은 바로 그때였습니다.

“왜 그래?”

고개를 갸우뚱하는 암네시아 씨.

이런 이런 하고 어깨를 으쓱이면서 사야 씨는 말했습니다.

“그 리액션, 저랑 완전히 겹치거든요.”

“그게 뭐 어떻다는 건데……?!”

“암네시아 씨, 반복 만담 받아치는 법을 조금 더 연구해줬으면 싶네요.”

“나는 딱히 만담하러 온 게 아니거든……?”

그녀는 한숨을 내쉬었습니다.

저와 사야 씨와 암네시아 씨, 저희 셋은 미리 약속한 적은 없지만 통학로도 등교 시간대도 거의 같습니다.

두 사람에게는 각기 여동생이 있기 때문에 때때로 다섯 명이 되기도 하면서, 저희는 평일 아침을 보냅니다.

새롭게 시작되는 이 일주일도 마찬가지였습니다.

"슬슬 가볼까요?"

그렇게 말을 꺼내는 저.

가벼운 잡담을 나누면서 저희는 셋이 나란히 평소와 같은 길을 걷기 시작했습니다.

오가는 말의 대부분이 웃음소리. 시선을 기울이면 익숙한 얼굴들. 등 뒤로 지나쳐 가는 것은 변함없는 거리. 거기에 있는 것은 평소와 같은 일상.

오늘은 과연 어떤 일이 일어날까요? 어떤 만남이 있을까요?

기대로 가슴 설레며, 저희는 오늘도 평온하고 아주 조금 떠들썩한 날들 속을 걸었습니다.

"그나저나, 일레이나 씨. 이거 누군지 알아?"

암네시아 씨가 제게 스마트폰 화면을 보여준 것은 마침 학교 건물이 보이기 시작했을 때였습니다.

흐음흐음.

웃긴 영상이나 뭐 그런 건가요?

"뭔가요?"

화면을 들여다보는 저.

"…………."

거기에 있던 것은 예에 따라 어디를 어떻게 보아도 미소녀 그

©necömi

자체.

"와아, 대단해라."

그리고 저는 다짜고짜 영상을 삭제했습니다.

"그래서, 뭐 말인가요?"

"아니 지우는 게 빠르잖아……!"

뭔가 뽐내는 얼굴로『저는 오늘도 귀엽네요……』같은 의미불명인 말을 지껄이는 여고생이 한 명 있었던 것 같은 기분입니다만, 워낙 순식간이었던지라 잘 모르겠군요.

어떤 걸 말하는 겁니까?

"정말. 일레이나 씨의 귀여운 영상을 모처럼 찍어줬더니."

뺨을 뾰로통하게 부풀리며 알기 쉽게 삐친 기색을 드러내는 암네시아 씨.

아니 그것참.

"암네시아 씨, 웃기는 반복 만담에 관해서 조금 더 연구해줬으면 싶네요."

"그러니까 나는 딱히 만담을 하러 온 게 아니거든……?"

뭐가 어찌 되었든 저희는 오늘도 평온한 일상을 나아갑니다.

평소와 마찬가지로.

『그렇습니다. 저입니다.』

패션 잡지의 한 페이지에서, 어디선가 들은 적 있는 대사와 함께 한 가련한 소녀가 이쪽을 향해 미소를 보내고 있었습니다.

머리카락은 잿빛, 눈동자는 유리색. 눈사람 바로 옆에서 그녀는 교복 차림으로 서 있었습니다. 목에는 머플러. 다리에는 타이즈를 착용. 그리고 놀랄 만큼 아름다운 얼굴. 어쩌면 천사일지도 모릅니다.

그런 그녀는 대체 누구일까요?

말할 것까지도 없겠죠.

그렇습니다. 저입니다.

"일레이나 씨, 모델 같아요!"

와아 하고 사야 씨가 잡지를 집어삼킬 듯이 들여다보며 흥분했습니다.

"이 잡지 얼마예요? 가보로 삼아야겠어요."

가보인가요. 그런가요.

저는 답했습니다.

"1억 엔입니다."

"과연. 그럼 1억 권 살게요!"

"당신은 무슨 소리를 하는 겁니까?"

"내가 보기엔 두 사람 다 무슨 소리를 하는 겁니까! 라는 느낌인데.”

옆에서 암네시아 씨가 어이없다는 얼굴로 저를 쿡 찔렀습니다.

잡지로 시선을 보내고, 이어서 그녀는.

“그나저나 일레이나 씨가 패션 잡지 촬영을 하다니, 어쩐지 의외일지도”라며 눈을 가늘게 떴습니다.

“그런가요?”

“사진 찍는 거 싫어할 것 같은데.”

“뭐, 그러네요.”

“용케 촬영을 허가해줬네.”

“저 돈은 좋아하거든요.”

“패션 잡지에 실린 이유를 잘 알겠어.”

조금 전과는 다른 의미로 눈을 가늘게 뜨는 암네시아 씨.

이런, 질려버린 건가요?

“뭐, 돈을 받을 수 있다느니 운운을 제외하더라도, 가끔은 이런 경험을 해보는 것도 괜찮지 않을까 싶었습니다.”

돈을 위한 것만이 아니에요, 경험을 위해서예요, 정말이에요, 하고 시치미를 떼며 덧붙여 두었습니다.

“그나저나 이거 교복 차림인데, 언제 부탁받은 건가요?”

사야 씨는 여전히 잡지를 집어삼킬 듯이 바라보면서 고개를 갸우뚱했습니다. 이제 거의 코가 닿을 듯한 거리.

“지난달에 혼자 길을 걷다가 우연히 부탁받았습니다.”

“과연……..”

흐음흐음 하고 끄덕이는 사야 씨.

"그건 분명 나랑 데이트하던 때였던가요?"

"네?"

"아니 그러고 보니 둘이 길을 걷던 때 일레이나 씨가 부탁을 받았던 것 같은데."

"당신은 무슨 소리를 하는 겁니까?"

"그러고 보니 이 눈사람도 내가 만들었던 것 같아요……."

패션 잡지를 바라보는 사야 씨의 눈동자는 먼 옛날을 그리워하는 것 같기도 했고, 동시에 그저 망상에 푹 빠진 것처럼도 보였습니다.

보였다고 할까, 정말로 그저 망상에 빠져 있을 뿐입니다만.

그리고 그런 저희의 대화에 어깨를 으쓱이는 것이 암네시아 씨.

"나로서는 두 사람 다 무슨 소리를 하는 거야? 라는 느낌인데."

"아니 아니 아니."

저까지요?

"저는 이상한 말은 하지 않았거든요."

"아니, 일레이나 씨는 방금 아주 이상한 말을 했어."

"그런가요?"

"이 사진을 찍었을 때 같이 있던 건 나. 그렇지?"

"당신은 무슨 소리를 하는 겁니까?"

"잘 생각해보니 내가 눈사람을 만들었던 기억이 나."

갑자기 먼눈을 하기 시작한 암네시아 씨.

"망상에 빠져 있어……."

두 사람 다 어떻게 된 겁니까?

"확실히 나와 일레이나 씨가 둘이 데이트하던 때 찍힌 한 장이에요. 제대로 기억하고 있어요."

"사야 씨, 망상은 좋지 않다고 봐. 이건 확실히 나와 일레이나 씨가 둘이서 데이트하던 때 찍힌 거야."

"암네시아 씨, 보고 있기 힘드네요. 이건 저와 일레이나 씨의 추억이 담긴 한 장이에요!"

"아니 아니."

"아니 아니 아니."

두 사람 다 어떻게 된 겁니까?

"이 눈사람은 내가 만든 거예요."

"아니, 내가 만든 거야. 틀림없어."

현장 스태프분이 준비해준 겁니다만.

"그것참! 큰일이었지! 추운 와중에 눈사람을 만드는 거, 힘들었다니까! 잘 기억나!"

"이상한걸. 나도 잘 기억하는데. 만들기 힘들어서 시간이 꽤 걸렸어."

아니 그러니까 준비해주신 거라니까요?

대체 뭡니까? 두 사람 다. 저기요?

그렇게 제가 "우으으으" 하고 서로를 노려보는 두 사람 사이에서 어쩔 줄을 몰라 하던 때였습니다.

"곤란한 상황인 것 같군요. 일레이나 씨."

불쑥 옆에서 제게 말을 걸어온 한 사람.

누군가 했더니 그것은 암네시아 씨와 같은 흰 머리카락. 긴 머리 모양에 살짝 어린 생김새의 소녀.

"아빌리아 씨."

였습니다. 암네시아 씨의 여동생입니다.

"후후훗. 언니와 사야 씨가 어째서 말다툼을 벌이고 있는 건지 이해가 안 가나 보네요."

"네에. 그게 갑자기 두 사람이 동시에 IQ가 현저하게 낮아진 것 같아서, 무슨 일이 생긴 건지 걱정하던 참입니다만."

"어째서 두 사람이 이렇게 되어버렸는지, 아시나요?"

흘끗 두 사람을 바라보는 아빌리아 씨.

그럼 여기서 이렇게의 한 예를 살펴보도록 하죠.

"잘 생각해보니 사진을 찍은 것도 나였던 것 같아요."

"신기하네. 실은 나도 사진을 찍은 것 같거든. 심지어 이 잡지를 만든 것도 나인 것 같아졌어."

"아무리 그래도 그건 거짓말이잖아요."

"사진을 찍었다는 것도 거짓말이잖아."

"아니 아니."

"아니 아니 아니."

네.

영문을 모르겠습니다.

"두 사람이 어째서 저렇게 되었는지 아시겠나요?"

"전혀 모르겠습니다."

"그런데 일레이나 씨는 이런 이야기를 아시나요? 시원찮은 남자 고등학생인 유지에게는 좋아하는 여성이 있었습니다. 키요미.

어린 시절부터 이웃에 살던 동급생. 어릴 때부터 남몰래 연심을 품고 있었던 유지였지만, 강력한 라이벌이 있었답니다. 학교에서 왕자라고 불리며, 여자아이들에게 꺄악! 멋져! 하고 환호를 받는 코타로 군입니다.”

“네에.”

“두 사람은 키요미를 두고 언제나 다퉜습니다. 사사건건 키요미를 진심으로 사랑하는 건 나다, 아니 나다! 키요미에 관해 잘 아는 건 나다, 아니 나다! 라며 강변에서 맞붙어 싸우는 것이 일상다반사. 대략 그런 느낌의 견원지간이었답니다.”

“……네에.”

“두 사람이 어째서 이렇게까지 사이가 나쁜 것인가. 그것은 두 사람이 한 여성을 두고 다투는 사이였기 때문——만은 아니었습니다. 두 사람은 사랑의 라이벌이자, 동시에 서로를 잘 알며, 자신에게 없는 매력을 가진 사람으로서 상대를 인식하고 있었기에 언제나 경쟁했던 것이랍니다!”

“아빌리아 씨 뭔가 흥분하기 시작한 것 같은데요.”

“잠시라도 방심하면 상대가 유리해질지도 모른다—— 그런 불안을 두 사람은 언제나 서로 느끼고 있었던 거랍니다!”

“과연. 그래서?”

고개를 갸웃거리는 저.

아빌리아 씨는 기다렸다는 듯이 의기양양한 얼굴을 했습니다.

“그러니까 즉, 지금 언니와 사야 씨도 서로 그런 느낌의 심정을 갖고 있을 거라는 이야기입니다.”

“뭐, 장황하게 이야기한 것치고는 평범하게 마무리됐군요.”

평범하게 “두 사람은 서로를 라이벌시하고 있습니다”로 끝날 이야기가 아닌지?

“참고로 일레이나 씨는 이 일화──『유지와 코타로의 연심』이라고 하는 일화인데, 알고 계셨나요?”

“모르고 계셨습니다만.”

심지어 들어본 적도 없습니다만.

“그건 어디서 알게 된 이야기인가요?”

“내가 요즘 읽고 있는 순정 만화예요.”

“당신, 그런 걸 잘도 유명한 일화인 것처럼 말했군요.”

“유지와 코타로의 결투 장면은 제법 볼만했어요. 박력 넘쳤죠. 서로 노 가드로 치고받아 너덜너덜해지는 모습에서는 뜨겁게 북받치는 게 있었답니다.”

“아무래도 아빌리아 씨는 평범한 여자와는 다른 방식으로 즐기고 있는 것 같은데요.”

“참고로 두 사람은 최종적으로 강변에 나란히 드러누워 하늘을 올려다보면서『헤헤헤……』하고 웃으며 우정을 맹세하는 느낌의 전개로 끝난답니다.”

“그런가요?”

“그건 그렇다 치고 아무튼 일레이나 씨는 두 사람이 두고 다투는 여자아이의 입장이라는 겁니다!”

“갑자기 소리 지르지 마세요.”

“팔자 좋으시네요. 쳇.”

"갑자기 화내지 마세요."

한숨을 섞어 가며 대꾸하는 저. 가능하다면 이대로 암네시아 씨와 사야 씨의 말싸움도 귀를 막고 외면하고 싶은 바입니다만, 두 사람은 여전히 "아니 아니" "아니 아니" 하고 말다툼을 하고 있는 지경이라 어찌하면 좋을지 모르겠군요.

"일레이나 씨. 이『유지와 코타로의 연심』이라 불리는 일화에 빗대어, 나는 일레이나 씨에게 한 가지 말하고 싶은 게 있답니다."

"네에……."

뭔가요?

고개를 갸웃거리는 제 어깨에 툭 하고 손을 올리고.

그리고 아빌리아 씨는 말했습니다.

"두 미소녀가 사이에 두고 다투다니 팔자 좋네요!"

"…………."

"그럼 저는 이만."

드르륵.

탁.

아빌리아 씨는 아무 일도 없었던 양 평범하게 교실을 나가버렸습니다.

"아니 뭐 하러 왔던 겁니까……."

그 자리에 오도카니 남겨져 어처구니없어하는 저.

한편, 저를 두고 다투는 유지와 코타로————가 아니라 암네시아 씨와 사야 씨는 주먹 다툼까지는 하지 않았지만, 그렇게 말다툼을 하기를 몇 분. 아주 조금이지만 분위기에 변화가 찾아왔습니다.

"―――애초에 암네시아 씨도 그 자리에 있었다고 하면, 패션 잡지에 암네시아 씨도 실리지 않은 건 이상하잖아요! 일레이나 씨 못지않은 미녀인데!"

"……!"

움찔하는 암네시아 씨.

"그…… 그렇게 말하자면, 사야 씨도…… 그 자리에 있었다면 찍히지 않은 게, 이상하잖아…….."

"……! 아, 암네시아 씨……!"

"………….."

얼굴을 붉게 물들이고 서로를 직시하지 못하는 두 사람.

…………..

이거 뭐야?

"왠지 두 사람 다 IQ가 또 내려간 것처럼 보입니다만."

대체 뭔가요? 저기요?

"후후훗, 일레이나 씨."

드르륵.

다시 아빌리아 씨가 제 곁에 나타나 어깨를 두드렸습니다.

"차인 것 같네요."

저는 큰 한숨을 내쉬며 대꾸했습니다.

"당신은 무슨 소리를 하는 겁니까?"

마녀의 여행
SCHOOL STORY
OF WANDERING WITCHES
학원 이야기

배가 고프면 갸루처럼 되는 암네시아 씨

"왠지 짱 지루하거든."

암네시아 씨가 책상에 앉으며 몹시도 나른한 목소리로 말했습니다. 따분한 듯 다리를 꼬고, 졸린 듯한 눈동자로 손톱을 멍하니 바라보고 있었습니다.

그 모습은 그야말로 갸루!

"가, 갑자기 어떻게 된 건가요? 암네시아 씨?!"

알기 쉽게 당황하는 사야 씨.

"나 어제 한숨도 못 자서 짱 졸리거든."

"짜, 짱……?"

"그리고 어제부터 아무것도 못 먹었거든."

"그, 그런가요……?"

"그러니까 뭔가 좀 사다 줄래? 사야사야."

"사야사야……?!"

암네시아 씨가 어딘가 이상해졌어! 사야 씨는 도움을 요청하듯 이쪽을 돌아보았습니다.

대체 암네시아 씨에게 무슨 일이 생긴 걸까요?

아무래도 설명이 필요할 것 같군요.

그런고로 저는 말했습니다.

“암네시아 씨는 배가 고프면 갸루처럼 변합니다.”

“그런 터무니없는.”

터무니없다고 한들 실제로 변했으니 어쩔 수 없는 일입니다.

그렇죠? 암네시아 씨.

“예에.”

“왠지 갸루가 되자마자 엄청 바보 같아졌네요.”

암네시아 씨가 전혀 다른 존재가 되어버렸어……라며 어색한 표정으로 바라보는 사야 씨.

“참고로 사야사야, 나 한숨도 못 잤다고 했잖아? 어째선지 알아?”

“그런 거 알 리가 없잖아요.”

“땡! 정답은 동생이랑 밤새 게임을 해서였습니다! 예에.”

뭐가 뭔지 잘 알 수 없는 분위기로 사야 씨에게 어깨를 밀어붙이는 암네시아 씨.

“뭔가 만원 전철 느낌으로 밀어붙이는데, 이건 대체 무슨 짓인가요?”

설명하죠.

“암네시아 씨는 갸루가 되면 물리적인 거리감이 가까워집니다.”

“그런 터무니없는!”

그렇게 놀라는 중에도 암네시아 씨는 “예에” 하고 바보 같은 소리를 내면서 사야 씨에게 꾸욱꾸욱 머리를 들이밀었습니다.

“이거, 물리적인 거리감이 가까워지느니 어쩌니 하기 이전의 문제가 아닌가요?”

“저한테 말씀하신들.”

그리 대꾸하며 어깨를 으쓱이는 저.

그런 대화를 나누는 중에 암네시아 씨는 표적을 사야사야에서 저로 바꾼 모양이었습니다.

"저기, 일레일레 아까부터 뭐 하는 거야?"

툭 하고 제 어깨에 머리를 기대는 암네시아 씨.

어? 하고 사야 씨가 놀란 얼굴로 이쪽을 보았습니다.

"일레이나 씨는 일레일레라고 불리는 건가요……?"

"그런가 보네요."

"어감이 엄청나게 별로……."

그건 저도 그렇게 생각합니다.

"봐봐, 일레일레. 수염."

제 머리카락을 본인 입에 가져다 대며 놀기 시작한 암네시아 씨.

"…………."

할 말을 잃은 저.

"어라라라? 일레일레도 수염을 원하는 것 같은 얼굴인걸."

"대체 어떤 얼굴인 겁니까?"

"어쩔 수 없네. 똑같이 만들어줄게."

"아뇨 됐습니다."

"자, 똑같아졌다."

찰싹, 하고 제 머리카락을 입가에 가져다 대는 암네시아 씨.

"귓구멍이 어떻게 된 겁니까?"

"예에! 일레일레 수염 짱 잘 어울리잖아☆"

"눈구멍도 어떻게 됐나 보군요."

그렇게 따지는 저를 무시한 채 암네시아 씨는 스마트폰으로 사진을 찰칵찰칵.

이 상태로 계속 상대하는 건 곤란합니다.

사야 씨는 한숨을 내쉬었습니다.

"뭔가 고칠 방법 같은 건 없나요?"

"그거야 간단하죠."

고개를 끄덕이는 저.

암네시아 씨는 배가 고파서 이렇게나 이상해졌으니, 허기를 해결하면 저절로 나을 겁니다.

그 말은, 즉.

"배를 채우면 고쳐집니다."

"그런 터무니없는."

이라고 생각하겠지요.

"일단 빵을 줘보죠."

블레이저에서 빵을 꺼내는 저.

"일레이나 씨 어디에 빵을 숨겨두고 있는 건가요?"

"그건 제쳐두고."

주었습니다.

"우훗."

"고쳐졌습니다."

"그런 터무니없는."

배가 고프면 호스트가 되는 사야 씨

"여러분, 아시나요? 세상에는 두 종류의 인간이 있습니다. 그것은 나, 그리고 나 이외입니다━━━."

칠판에 등을 기대며 사야 씨가 쓸데없이 뻐기는 표정을 짓고 있었습니다. 이쪽으로 보내는 시선은 근거를 알 수 없는 자신감으로 가득했고, 단적으로 말하자면 호스트 같았습니다.

참고로 왜 호스트 같다고 생각했는지 아십니까?

"나는 호스트입니다."

그녀가 자칭하고 있기 때문입니다.

"사야 씨, 갑자기 어떻게 된 거야?"

어처구니없다는 표정을 짓는 암네시아 씨.

"노. 내 이름은 사야 씨가 아닙니다."

"그럼 뭔데?"

"넘버 원 고교생 호스트, 사야입니다."

"아니 이름 그냥 그대로잖아!"

"아, 아닙니다. 넘버 원 고교생 호스트, 사야까지가 이름입니다."

"그거 이름이 아니라 수식어잖아."

"기니까 줄여서 사야라고 불러주십시오."

"결국 그냥 그대로잖아!"

방금 대화 전부 쓸데없었잖아? 대체 뭐야? 하고 상당히 당황스러워하고 계신 암네시아 씨.

아무래도 설명이 필요할 것 같군요.

저는 옆에서 끼어들었습니다.

"사야 씨는 배가 고프면 호스트처럼 변해요."

"그게 뭐야?"

어이없어하는 암네시아 씨 옆에서 사야 씨는 쓸데없이 폼을 잡으며 "하늘이 어째서 밝은지 아십니까? 내가 비추고 있기 때문입니다————" 같은 소리를 지껄이고 있었습니다.

그럼 사야 씨는 태양을 대신할 수 있을 만큼의 열과 빛을 뿜고 있다는 뜻이군요.

여기 있는 저희 모두 죽지 않으면 이상하겠군요.

바보입니까?

"나, 호스트가 뭔지 잘 모르는데 다들 저런 느낌인 거야?"

고개를 갸우뚱하는 암네시아 씨.

"저도 잘 모르지만 아마도 그렇지 않을까요?"

"참고로 호스트는 뭐 하는 사람이야?"

설명하죠.

"대략적으로 말해서 인터넷에 접속된 PC나 라우터를 가리키는 단어입니다."

"아니 IT 용어 쪽을 물어본 게 아냐."

그렇게 저희가 대화를 나누고 있자, 사야 씨가 옆에서 불쑥 끼어들었습니다.

"호스트란 무엇인가……라고요?"

끈적한 말투로 그녀는 말했습니다. 가르쳐주려는 걸까요?

"오늘도 귀여운걸…… 아기 고양이."

그녀도 잘 모르나 봅니다.

호스트가 되어도 머릿속은 사야 씨 그대로였습니다.

그러고서 그녀는 암네시아 씨를 타깃으로 삼아 어깨에 팔을 두르더니, 이번에도 끈적한 말투로 물었습니다.

"아기 고양이, 이름이 뭐지? 가르쳐주겠어?"

"……암네시아인데."

"그렇구나. 귀여운 이름인걸. 암네시아, 아뮤…… 암, 아뮤…….."

"…………."

"아기 고양이…….."

"포기했잖아."

"오늘도 귀여운걸…….."

"뭔가 대꾸할 말이 없으면 '귀엽다'로 어물쩍 넘어가려고 하는 것 같은데?"

"…………."

"그렇지? 사야 씨."

"오늘도 귀여운걸…….."

"어휘력이 하나도 없잖아!"

정말이지! 하고 더는 참을 수 없게 된 암네시아 씨가 사야 씨에게서 떨어졌습니다. 이리하여 넘버 원 고교생 호스트, 사야 씨는 소중한 손님을 한 명 놓치고 말았습니다.

꼴사나워…….

"아무래도 내가 너무 눈부셔서 눈이 멀어버린 모양이군."

그러나 사야 씨는 매우 냉정했습니다.

그것은 대체 어째서일까요?

"그나저나 너도 귀여운걸. 아기 고양이……."

"…………."

가까운 위치에 제가 있었기 때문입니다.

어느샌가 사야 씨가 제 어깨에 팔을 두르고 있었습니다.

"잘도 이 흐름에서 저한테로 오는군요."

"내가 달이라면 너는 지구. 서로의 인력으로 서로 끌어당기고 있는 거지……."

"그럼 산산조각이 날 테니 평생 하나가 될 수 없겠네요."

"언제까지고 나는 너를 지켜보고 싶어…… 달처럼."

"다른 이야기인데, 달은 매년 대략 3센티미터씩 지구에서 멀어지고 있다네요."

"그렇구나…… 귀여운걸."

"벌써 할 말이 떨어진 건가요?"

그녀의 '귀여워'는 한계의 신호. 방금 그걸로 확실하게 알았습니다. 당신한테 호스트는 안 맞아요.

"저기, 일레이나 씨. 그나저나 사야 씨는 어떻게 해야 원래대로 돌아오는 거야?"

옆에서 물어보는 암네시아 씨.

원래대로 돌아오게 하는 방법 말인가요?

"배가 고플 뿐이니까 빵이라도 주면 원래대로 돌아올 겁니다."

"그게 뭐야?"

반신반의하는 기색으로 눈을 가늘게 뜨는 암네시아 씨. 그런

그녀를 무시한 채 저는 "뭐, 보고 계세요"라고 말하면서 블레이
저 안에 숨겨두었던 프랑스 빵을 쑥 꺼냈습니다.

"어디에 빵을 숨겨둔 건데."

그건 제쳐두고.

"이거 드세요."

"나는 괜찮지만 말이죠. 사야 씨는 뭐라고 하려나."

성가셔진지라 그대로 입에 밀어 넣었습니다.

그리고 씹기 시작한 지 3초 후.

"아, 일레이나 씨 맛이 나……."

"고쳐졌습니다."

"그게 뭐야."

배가 고프면 이 세계의 진실을 깨닫고 마는 일레이나 씨

"두 분은 모르실지도 모르지만…… 사실 이 나라, 이미 '조직'에
의해 지배당하고 있습니다……."

소곤소곤, 소리를 낮추며 나와 사야 씨에게 그리 이야기하는
것은 일레이나 씨. 그 눈은 지나치게 반짝였고, 달리 말하자면 사
고 회로가 왠지 모르게 망가진 것 같은 분위기를 자아내고 있는
것처럼 보였다.

평소의 그녀답지 않은 발언에 당연하게도 사야 씨는 놀라고 당
혹스러워하며 고개를 기울였다.

"일레이나 씨, 갑자기 무슨 말을 하는 거예요?"

"쉿! 조용히 하세요. 사야 씨————."

"어라? 시끄러웠나요……?"

"아뇨. 시끄러워서가 아니에요."

천천히 고개를 가로젓는 그녀.

"그저, 목소리를 낮추지 않으면 '조직'의 인간에게 **저희가 알아차렸다**는 걸 들켜버릴지도 몰라요."

"일레이나 씨……?"

"'조직'의 인간은 저희 주변에 있는 전자 기기를 언제나 해킹할 수 있어요."

"일레이나 씨……?!"

놀라는 사야 씨를 무시한 채 일레이나 씨는 의미불명인 자신감 넘치는 표정으로 스마트폰 스피커 부분을 막았다.

"이러면 괜찮아요."

거기, 소리가 나오는 부분이니까 막아봐야 별 의미 없는데?

어이없어하는 나.

그리고 옆에서 당황하는 사야 씨.

"일레이나 씨는 대체 어떻게 된 건가요?"

이런 상태의 일레이나 씨는 처음 본다고 그녀는 이야기했다.

과연, 사야 씨는 아직 본 적이 없었구나———— 그렇다면 설명해야겠네.

그래서 나는 가르쳐주었다.

"일레이나 씨는 배가 고프면 이 세계의 진실을 깨닫게 돼."

"그런 터무니없는."

터무니없다고 말한들 눈앞의 일레이나 씨는 틀림없이 이 세계의 진실을 깨닫고 있으니 어쩔 수 없잖아.

그렇지? 일레이나 씨.

"아니, 그보다 이 세계의 진실을 깨닫는다는 게 뭔가요? 냉정하게 생각하면 무슨 소리인지 모르겠거든요!"라는 사야 씨.

"좋은 질문이에요———— 사야 씨."

의미심장한 미소로 답하는 일레이나 씨.

그리고 그녀는 이야기하기 시작했다.

그녀가 아는 세계의 진실. 그 전모를————!

"제가 깨달은 ○○라는 것은 ○○로 ○○가 ○○로서 ○○○○○○○○○○○○————."

"과여————아니 전혀 모르겠거든요!"

받아치는 사야 씨.

나도 대부분 삐 소리밖에 못 들었어.

"크읏……! 마침내 '조직'이 제 발언에까지 마수를 뻗은 건가요!"

"아니 방금 그냥 계속 ○○라고 발음한 거잖아요. 처음 봤어요. 자기 입으로 ○○라고 말하는 사람."

"네? ○○."

"방금 막말했어! 지금, 확실하게 막말했어!"

일레이나 씨 평소 이런 사람이 아닌데! 라며 개탄하는 사야 씨.

"일레이나 씨는 배가 고프면 ○○가 늘어나."

"○○라니, 이제 뭐든 다 되는 거잖아요."

내용이 없어도 성립하는 거 아닌가요? 정말로 생각하고 발언하는 건가요?

의외로 날카로운 지적을 하는 사야 씨.

"……사야 씨, 나쁜 말은 하지 않을게, 지나치게 파고들지 않는 편이 좋을 거야."

나는 노파심에 충고를 해주었다.

"뭔가요? 혹시."

"아니, 그런 게 아니라———."

힐끗 눈짓한다.

그와 동시에 일레이나 씨는 말했다.

"제 발언의 내용이 궁금하시다면, 제가 운영하는 온라인 살롱에 가입해주세요. 유료 회원이 되면 손쉽게 이 세계의 진실을 엿볼 수 있습니다."

라고.

이런 식으로.

"……이렇게 된 일레이나 씨의 이야기는 최종적으로 돈벌이로 이어져."

"요컨대 평소 그대로라는 거잖아요!"

"어떤가요? 사야 씨. 저와 함께 세계의 진실을 밝혀보시겠어요?"

압박해 오는 일레이나 씨.

사야 씨는 "싫어요!"라고 거부했다.

"그럼 암네시아 씨는요?"

"나도 그런 건 좀. 돈이 아깝기도 하고."

정상적인 의견을 밝히는 나.

“네에…….”

노골적으로 실망한 기색으로 일레이나 씨는 말했다.

“아시나요? 암네시아 씨. 유익한 정보일수록 공짜로는 구할 수가 없거든요?”

“아니 그보다 그런 정보는 평소 어디서 구하는 건데?”

동료라도 있는 거야?

별 뜻 없이 묻는 나.

일레이나 씨는 태연하게 대답했다.

“유튜브에서 봤어요.”

“무지막지 바보 같아!”

“그리고, 트위터에서도 말했었어요.”

“아니 전부 무료로 구한 정보뿐이잖아!”

“이런, 지금은 트위터가 아니라 X였죠. 주의하며 정정하겠습니다.”

“어찌 되든 상관없어!”

유익한 정보일수록 돈이 든다고 한 건 뭐였던 거야. 모순이지 않아? 나는 일레이나 씨의 엉터리인 발언을 지적한다.

“음…….”

그러자 일레이나 씨는 우으으 하고 뭔가 말하고 싶어 보이는 표정을 짓더니.

분한 듯 한마디.

“ㅇㅇ.”

“사야 씨 애 또 막말했어!”

무슨 말을 했는지까지는 알 수 없지만 아마도 상당히 과격한 말을 했을 것이 분명해.

"슬슬 입을 막는 편이 좋을 것 같네요."

"그러네."

수긍하는 나.

"이대로라면 일레이나 씨가 바보처럼 보일 거야."

"아니 그건 이미 늦은 것 같습니다만."

"사야 씨는 가끔 좀 가차 없네."

아무튼 그 후 우리는 음식을 조달하기로 했다.

"먹을 게 어디 있을까요?"

고개를 갸우뚱거리는 사야 씨.

그러고 보니 기억나는 게 있다.

나는 일레이나 씨의 블레이저 속으로 손을 찔러 넣었다.

"어? 앗, 우와…… 암네시아 씨 변태……."

평범하게 질색하는 사야 씨.

나는 일레이나 씨의 옷을 뒤적거리며 고개를 저었다.

"아니거든. 딱히 그런 목적으로 만지작대는 게 아니야."

"변태 같은 짓을 하는 사람은 다 그렇게 말하죠."

아니 진짜로 아니거든.

"일레이나 씨는 평소에도 이런 데 빵을 숨겨 다니잖아."

"겨울잠 자기 전의 다람쥐 같아."

"사야 씨는 가끔 좀 가차 없네."

참고로 빵은 있었다.

“자! 여기.”

주었다.

“아시나요? 사실 화학조미료에는 발암성 물질이 들어 있어서———.”

“됐으니까 어서 먹어.”

먹였다.

우물우물하는 일레이나 씨.

“그렇습니다. 저입니다.”

“고쳐졌어.”

“그런 터무니없는.”

아무튼 안심하며 가슴을 쓸어내리는 우리.

“뭔가 이 주변에 Wi-Fi 떠다니지 않나요?”

“아직 안 고쳐졌어.”

“으응.”

마녀의 여행
SCHOOL STORY
OF WANDERING WITCHES 학원 이야기

"무슨 용건이죠? 이런 데로 불러내고."

청아한 목소리가 방과 후의 체육관에 울려 퍼졌습니다.

금발 여고생. 이름은 쇼콜라.

의아하다는 투로 바라보는 곳에는 한 남고생의 모습이 있었습니다.

"오늘 너를 여기로 불러낸 건 다름이 아니라, 어떤 걸 전하기 위해서다."

이름은 로베르타.

머리카락은 쇼콜라와 같은 금색. 생김새는 단정하고, 운동 신경 발군. 그리고 두뇌 명석. 외면부터 내면에 이르기까지 나무랄 데 없는 그는 왕자라 불리며 사랑받았습니다.

그러한 별명에서도 간단히 짐작할 수 있듯이, 그는 많은 여학생에게 주목을 받았습니다.

"어떤 거……라니, 뭔가요?"

그리고, 그렇기에 의문이었습니다.

인기인인 그가 자신을 불러낸 이유. 그녀는 그것을 도무지 알 수 없었던 것입니다.

"…………."

이쪽을 응시하는 쇼콜라와 달리 로베르타는 순간적으로 시선을 떨어뜨렸습니다. 다른 여학생들에게 주목을 받아도 환성을 받아도 신경 쓰이지 않는데, 그녀의 시선을 받으면 가슴이 두근거리고 마는 것입니다.

그래서 그는 심호흡했습니다.

자신의 양손에는 농구공이 하나, 들려 있습니다.

쇼콜라를 불러낸 이유.

오늘 이곳에서 그녀에게 전해야만 하는 것.

그것은 아주 단순하고, 솔직한 마음이었습니다.

이윽고 그는 마음을 정한 듯 다시 고개를 들었습니다.

"이 슛이 들어가면, 나랑 사귀어줘."

"……!"

놀라는 쇼콜라.

그것은 어디를 어떻게 보아도 사랑 고백……!

두 사람은 진지한 표정으로 서로를 바라보았습니다.

지금, 이 순간.

체육관은 두 사람만의 무대로 모습을 바꾸었던 것입니다———.

"…………."

"…………."

참고로 체육 창고에는 그런 두 사람의 모습을 지켜보는 두 사람의 교사가 있었습니다.

체육 교사인 실라.

그리고 국어 교사인 저——— 아니, 프랑입니다.

저희는 얼굴을 마주 보며 말했습니다.

"뭔가요? 이 상황."

"나도 모른다."

대체 어쩌다 이런 상황이 된 걸까요?

저는 일단 현실 도피를 할 겸 여기에 이르기까지의 흐름을 정리했습니다.

그것은 한 시간 정도 전. 제가 교무실에서 평소처럼 업무를 처리하고 있던 때의 일입니다.

『잠깐 체육관으로 와주겠어?』

실라에게서 그러한 메시지가 왔던 것입니다.

저와 그녀는 이른바 질긴 인연. 고등학교 시절부터 지금까지 이어진 사이. 다른 이야기입니다만, 방과 후 체육관이 무엇을 하는 곳인지 아십니까? 저는 압니다. 만화 같은 데서 본 적이 있는지라.

그런고로 저는 바로 답장을 보냈습니다.

『고백인가요? 죄송합니다. 저, 사내 연애는 좀.』

방과 후 체육관이란 그런 장소 맞죠? 저 알거든요.

『아니 고백 아니라고!』

바로 답장이 왔습니다. 한가한가 보군요.

『그리고 흡연자도 좀.』

『그러니까 고백 아니라고 하잖아!!』

뭐, 농담은 이쯤 해두기로 하죠.

『그래서, 무슨 용건인가요?』

답장을 하면서도 저는 그녀가 연락을 해 온 이유를 이 시점에서 대강 눈치챘습니다. 학생 시절부터 이어져온 사이니까요.

『체육 창고 비품 정리를 좀 도와줘.』

분명 그런 용건일 거라고 생각하고 있었습니다.

『네네.』

저는 간단하게 답장을 보낸 후 자리에서 일어났습니다.

이리하여 저희는 체육 창고에서 둘이 작업을 하게 되었던 것입니다.

얼추 작업이 끝난 직후의 일입니다.

의미불명의 상황에 저희는 체육 창고에서 나갈 수 없게 되었습니다.

"————내가 지금부터 슛을 할게. 그걸 지켜봐 줘."

설마 진짜로 고백 장면이 펼쳐질 줄은 몰랐습니다.

아주 살짝 열린 문 너머에서 남학생—— 로베르타가 쇼콜라에게서 등을 돌리고, 농구공을 튕기고 있었습니다. 슛 직전의 몸풀기일까요?

탕탕, 공 튕기는 소리가 체육관 안에 울려 퍼졌습니다.

"실라."

"왜?"

"저 볼을 탕탕하는 거 뭐라고 하나요?"

"드리블."

"드리블."

로베르타는 그저 드리블을 반복했습니다. 언제 슛을 하는 걸까요? 적어도 고백이 무사히 끝날 때까지 저희는 여기에서 나가서는 안 될 테지요.

왜냐면 아주 재미있을 것 같으니까요……!

"아무튼 얼른 나가자고. 고백 중이든 뭐든 상관없잖아."

저는 천장을 바라보았습니다.

이 무슨 로망 없는 동료인가요. 저는 기막혀하며 큰 한숨을 내쉬었습니다.

"기다리세요. 실라."

"뭐야?"

"지금, 이 타이밍에 나가는 건 몹시 위험합니다."

"위험……이라니, 어째서?"

저희는 교사인 이상 학생들의 하루하루를 지켜보는 수호자여야 합니다. 설령 그 누구라 해도 학생들의 청춘의 한 페이지를 방해해서는 안 됩니다.

그런고로 저는 문에 손을 댄 실라을 제지했습니다.

"생각해보세요. 지금 이 타이밍에 저희가 나가면 어떤 일이 벌어질 것 같나요————?"

문 너머에서 여전히 탕탕하는 와중에 저는 뭉게뭉게 망상을 펼쳤습니다. 효과음이 많은 것 같군요.

드르륵.

슛을 하기 위해 볼을 든 로베르타 앞에 나타나는 저희.

"어이, 너희!"

교사답게 의연한 태도를 보이는 실라.

“안녕하세요.”

옆에서 온화한 모습으로 불쑥 고개를 내미는 저.

“앗, 선생님?!”

분명 로베르타는 크게 놀랄 테지요. 고백을 하려고 하는데 갑자기 영문을 알 수 없는 곳에서 교사가 두 사람이나 나타났으니까요.

“정말이지…… 이런 데서 뭐 하는 거야?”

교사답게 야단치는 실라. 학생 앞에서는 의연한 태도를 보여야만 한다고 하는 강한 의지가 엿보이는군요.

그러나 그런 그녀를 보며 로베르타는 고개를 갸웃거립니다.

“……선생님들이야말로, 체육 창고에서 뭘 하신 건가요?”

“어?”

어리둥절해하는 실라.

“두 분이 거기서 나왔다는 건…… 저희가 체육관에 오기 전부터 둘이 안에 있었다는 뜻, 이죠……? 뭘 하신 건가요?”

“어? 아니…… 딱히 아무것도―――.”

“뭔가 수상쩍은 짓을 하신 거 아닌가요……?”

“………….”

의표를 찌르는 지적에 실라는 당황하고, 말을 잃고, 그 결과 미묘한 분위기가 저희 사이에 흐릅니다.

그리고 이러한 상황에서 침묵은 대부분의 경우 긍정으로 여겨지는 법입니다.

“혹시 두 분은…… 그런 관계……?!”

꺄아 하고 양손으로 입을 가리며 놀라는 쇼콜라.

"아니, 아냐! 우리는 결코 그런 관계가 아니라고!"

"당황하는 게 더더욱 수상해요!"

일단 한 번 시작되면 오해는 멈추지 않습니다. 이어서 쇼콜라는 "여러분! 들어보세요!" 같은 말을 하면서 종종걸음쳐 체육관을 뒤로하고, 묘한 소문을 온 학교에 퍼뜨릴 것이 틀림없습니다.

"――――그리하여 저희는 밤마다 체육 창고에서 밀회하는 수상한 두 사람으로 전교에 알려지게 되는 겁니다."

"아니 그렇게 될 리가 없잖아!!"

심각한 오해가 생길 가능성을 상정하고 훌쩍훌쩍 우는 저에게 실라는 날카롭게 딴지를 걸었습니다.

그러나 지금, 이 상황에서 저희가 끼어드는 것보다 눈치 없는 짓은 없습니다. 그러한 전개가 되지 않는다고 해도 묘한 분위기가 되리라는 것은 부정할 수 없을 테지요.

"아무튼, 저희가 지금 나가는 건 추천할 수 없다는 이야기입니다."

안 되거든요? 하고 타이르는 저.

"그럼 어떻게 하라고."

"역시 지금은 고백이 끝날 때까지 기다려줘야 하지 않을까요?"

"하지만 오늘은 일찍 돌아가서 한잔하고 싶은 기분인데…… 비품 정리하느라 지치기도 했고."

하아, 하고 한숨을 내쉬는 실라. 말하고자 하는 바는 이해합니다.

저는 그녀의 어깨에 손을 올리며 달랬습니다.

"자자, 느긋하게 기다려주기로 해요."

애초에 고백 장면 같은 건 그리 길게 이어지지 않습니다.

"이렇게 저희가 대화하는 사이에 슛에 성공해서 커플이 성립해 있을지도 모르거든요?"

자, 보세요.

저는 실라를 문 앞으로 재촉했습니다.

거기에는 두 사람의 모습이————.

"잠깐 기다려. 대체 누구 허락을 받고 쇼콜라에게 고백하는 거냐?"

………….

————세 사람으로 늘어났습니다.

저와 실라는 눈을 깜빡였습니다.

체육관 출입구.

거기에 있던 것은 불타는 듯한 붉은 머리카락을 가진 여학생——분명 쇼콜라와 친한 아이였지요.

"로자미아인가……."

쯧, 혀를 차는 로베르타.

돌입해 온 로자미아는 명백하게 기분이 나쁜 기색으로 그의 앞으로 다가갔습니다.

"쇼콜라에게 고백할 때는 같은 타이밍에 하기로 전에 얘기했잖아! 혼자 앞질러 나가지 않기로."

두 사람 사이에는 이전부터 그런 규칙이 정해져 있었나 봅니다.

"나를 제쳐두고 고백하다니 무슨 생각이냐!" 하고 호통쳤습니다.

그런 그녀에게 로베르타는 여유로운 미소를 지어 보였습니다.

"미안하군. 사랑은 빠른 사람이 승자야."

그는 무슨 말을 하는 걸까요.

"선착순, 이라는 건가……."

의미불명인 언동에 어째선지 납득한 것처럼 고개를 끄덕이는 로자미아.

"그렇다면 이건 먼저 슛에 성공하는 쪽이 쇼콜라와 사귀는 걸로 하지 않겠나."

그녀도 그녀대로 의미불명이었습니다. 끼리끼리로군요.

"저기, 두 분……?"

이상한 두 사람 사이에 낀 쇼콜라는 당황한 듯 눈을 깜빡였습니다.

"어째서 이긴 쪽이 나랑 사귀는 것 같은 흐름이 된 거죠……?"

그녀의 의문은 지당하다고 할 수 있을 테지요.

이미 쇼콜라에게는 마음에 둔 사람이 있을지도 모르는데.

"애초에 저, 전부터 로자미아를 좋아했————."

"쉿———— 쇼콜라. 그 이상은 말하지 않아도 돼."

"로자미아……."

말을 가로막은 로자미아를 멍하니 바라보는 쇼콜라.

그리고 로자미아는 그녀의 마음을 전부 알아차린 것 같은 얼굴로 "……그래" 하고 고개를 끄덕인 후.

멋진 표정으로 말했습니다.

"이건 기사도 정신에 입각해, 슛 승부로 정하고자 한다."

“당신 기사가 아니잖아…….”

쇼콜라는 살짝 깬다는 표정을 하고 있었습니다.

그리고 결국 저희가 창고 안에서 몰래 지켜보는 와중에 두 사람은 제각기 농구공을 손에 들었습니다.

어떻게 된 걸까요. 평범한 고백 장면인가 했는데 다소 성가신 흐름이 되어버렸습니다.

탕탕탕—— 체육관 바닥에 튕기는 두 개의 소리.

“그야말로 더블 드리블이군…….”

“그건 좀 의미를 모르겠습니다만.”

당신까지 상태가 이상해진 겁니까?

“그나저나 곤란한데. 이대로라면 언제까지고 나갈 수가 없잖아.”

얼른 돌아가고 싶다는 말을 반복하는 실라. 직전에 내뱉은 잘 알 수 없는 대화는 그녀 안에서는 이미 없었던 일이 되었나 봅니다.

“일단 이건 저희 쪽에서 뭔가 대책을 마련할 필요가 있겠네요.”

좁은 체육 창고 안. 탈출을 위해 뭔가 할 수 있는 게 없을까요? 저는 주변을 둘러보았습니다.

“……!”

그리고 직후에 저는 탈출에 이용하기 적절한 도구를 발견했습니다.

“실라! 저걸 사용하죠!”

손가락으로 가리키는 저.

“뭐?”

어리둥절한 표정을 짓는 실라.

돌아선 그녀가 본 것. 제가 가리킨 곳에 있는 것━━━━.

그것은 인형 탈!

"저걸 입고 나가보죠."

"누가?"

"실라가."

"어째서?"

"아시겠습니까? 제 작전은 이렇습니다."

그럼 여기서 제 화려한 전술을 보여드리죠.

"여어(가성)."

인형 탈을 착용하고 나가는 실라.

"꺄아! 인형이에요!"

기뻐하는 쇼콜라와 그 외 2명.

동서고금, 여고생이라는 존재는 귀여운 것에 정신을 못 차립니다. 특히 인형 탈 종류가 되면 그 안에 누가 들어 있든 일단 끌어안고 함께 사진 촬영 정도는 할 테지요.

"하하핫(가성)."

실라가 그렇게 세 사람의 상대를 하는 사이에 제가 몰래 현장을 빠져나가고, 이렇게 저렇게 잘해서 실라도 도망친다…….

이상.

"완벽한 작전이네요."

"어디가!!"

"일단 해보죠. 실라."

"실패하는 미래밖에 안 보이거든."

"하기로 마음먹었으면 바로 실행하자고요. 실라."

"실패하는 미래밖에 안 보이거든?!"

그건 제쳐두고.

"여어(가성)."

해보죠.

드르륵, 하고 체육 창고에서 세 사람 앞으로 뛰쳐나간 인형 탈 장착 실라.

"꺄아아아아아아아아아!! 괴물이에요!!"

소리치는 쇼콜라.

"방해하지 마라, 괴물!"

그리고 시야에 들어오자마자 농구공을 집어 던지며 살의를 드러내는 그 외 2명.

"으아아아아아아아아아아아아아아아아아아아아!!"

실라는 체육 창고 안으로 돌아왔습니다. 그렇다기보다 날아왔습니다.

흐음…….

"대체 뭐가 문제였던 걸까요?"

"전부겠지!!"

실라는 인형 탈 머리 부분을 벗어 바닥에 내팽개쳤습니다.

"어쩌면 얼굴이 보이지 않았기 때문에 괴물 취급을 받은 건지도 모르겠네요."

"문제는 그게 아니잖아!!"

"다음엔 인형 탈을 벗고 가성만 해봐도 될까요?"

"싫어. 절대 안 할 거다."

"부탁드립니다."

"나는 절대로 안 할 거라고!!"

그건 제쳐두고.

"하하핫(가성)."

해줬습니다.

드르륵 하고 평범하게 나가서 가성으로 자신의 존재를 어필하는 실라.

"어머? 뭔가 갑자기 가성으로 존재를 어필해 와도 기분 나쁜데요……."

평범하게 무리……라며 창백해지는 쇼콜라.

"방해하지 마라, 가성!"

그리고 목소리를 듣자마자 평범하게 농구공을 집어 던지며 살의를 드러내는 두 사람.

"으아아아아아아아아아아아아아아아아아아아아아!!"

실라는 체육 창고 안으로 돌아왔습니다. 그렇다기보다 날아왔습니다.

흐음…….

"대체 뭐가 문제였던 걸까요?"

"그러니까 전부라고!!"

그 자리에서 크게 언성을 높이는 실라.

아무래도 눈에 띄는 언동은 전부 농구공을 두들겨 맞는 대상이
될 것 같습니다.

"이건 다른 대책을 마련할 필요가 있겠네요."

저는 생각했습니다.

그럼 지금부터 제가 발안한 화려한 탈출 방법들을 살펴보도록
하지요.

우선 첫 번째.

"일단 창문으로 나가본다는 방법은 어떤가요?"

체육 창고의 높은 위치에 작은 창문이 하나 있었습니다. 그곳
으로 나가면 체육관에 있는 세 사람과 마주치지 않고 넘어갈 수
있을 겁니다. 어떤가요?

"너치고는 제대로 된 제안이로군."

고개를 끄덕이는 실라.

곧바로 그녀는 창 사이로 몸을 내밀었습니다.

그 직후입니다.

"끼었는데."

끼었습니다.

배 부분에서.

"아, 그대로 가만히 있어 주세요."

찰칵찰칵찰칵찰칵————.

신기하게도 제 스마트폰이 사진을 연사하고 있었습니다. 대체
어째서일까요?

©necömi

“찍지 마!!”

한바탕 촬영한 다음 실라를 빼내 주었습니다.

　두 번째.

“도와줄 사람을 부르죠.”

저희만으로는 해결할 수 없다고 일찌감치 포기한 저는 외부에 있는 동료에게 연락을 했습니다.

그런데 도와줄 사람이란 대체 누구일까요?

“그렇습니다. 저입니다.”

“어이, 이 녀석 어째서 아무렇지 않게 들어오는 건데?”

드르륵 하고 아무렇지 않게 들어온 것은 잿빛 머리카락의 여학생. 일레이나였습니다.

“일레이나는 우수한 학생이니까 분명 이 상황을 타개할 방법을 생각해줄 거예요.”

“감사합니다. 우수한 학생입니다.”

머리카락을 넘기며 의기양양한 표정을 짓는 일레이나.

“어찌 됐든 상관없지만, 이 녀석은 어떻게 아무렇지 않게 들어온 거냐고.”

밖은 어떻게 된 거야? 밖은! 하고 지적하는 실라.

“두 분 다 힘드셨나 보네요.”

무시했습니다.

일레이나는 듣기 껄끄러운 말을 전부 흘려넘기는, 본인에게 유리한 머리를 갖고 있습니다.

"일단 괜찮은 느낌의 대책을 마련해주겠어요?"

묻는 저.

그녀는 "훗" 하고 뽐내는 얼굴을 하면서 말했습니다.

"두 분. 아시겠습니까? 이런 때는 당당하게 행동하면 의외로 들키지 않는 법입니다! 실제로 저도 여기까지 당당하게 행동하면서 체육관을 지나왔습니다만, 전혀 아무 문제도 없었습니다."

즉, 일레이나는 이렇게 말하고 있는 것입니다.

당당하게 나가면 의외로 의심받지 않는다————라고.

"과연…… 일리 있네요."

감탄했습니다.

그럼 바로 일레이나에게 시켜보도록 하죠.

"뭐, 지켜보고 계십시오. 두 분 모두————."

그런고로.

일단은 시도하고 보아야 한다는 듯이 일레이나는 당당하게 체육 창고에서 나갔습니다.

그 직후입니다.

"일레이나. 우리 승부를 방해하지 말아 주겠어?"

"미안하지만 우리는 지금 진지하다."

"…………."

평범하게 들켰습니다.

들킨 데다가 로자미아와 로베르타, 두 사람에게 한 소리 듣기까지 했습니다.

"…………."

드르륵.

문을 닫는 일레이나.

그녀는 어깨를 움츠리며 이쪽을 돌아보고.

말했습니다.

"그럼 이제 저도 모르겠습니다."

"눈곱만큼도 도움이 안 되잖아!!"

실라의 고함이 체육 창고에 메아리쳤습니다.

세 번째.

"저로서도 해결 불가능한 어려운 사건인지라 도와줄 강력한 사람을 불렀습니다."

저를 대신해 이번에는 일레이나가 도와줄 사람을 불렀습니다.

그것은 대체 누구일까요?

"곰팡내 난답니다."

아빌리아였습니다.

예에 따라 아무렇지 않게 체육 창고에 들어왔습니다. 이제 실라는 아무런 지적도 하지 않았습니다.

아무튼 사정을 설명하는 일레이나.

아빌리아는 고개를 끄덕였습니다.

"과연. 사정은 잘 이해했습니다. 그렇다면 이걸 써보죠."

말하면서 아빌리아가 꺼낸 것은 종이 상자.

……종이 상자?

"이걸 써서 뭘 어쩔 셈인가요?"

단순한 의문을 꺼내는 저. 아빌리아 씨는 "후후훗" 하고 의미심장한 표정으로 이쪽을 보았습니다.

"아시겠나요? 여러분. 이 종이 상자를 뒤집어쓰고 다 함께 도망치는 거랍니다."

"흐음. 과연……."

저는 고개를 끄덕였습니다.

즉, 그녀는 이렇게 말하려는 것입니다.

넷이 제각기 종이 상자를 뒤집어쓰고 나감으로써 배경에 녹아들어 자연스럽게 탈출할 수 있지 않겠느냐―――라고.

저는 손뼉을 쳤습니다.

"훌륭한 아이디어로군요!"

"그런가……?"

미심쩍은 표정의 실라.

"바로 시도해보죠. 분명 잘 풀릴 거예요."

"그런가……?"

의구심을 품는 실라를 선두로 저희는 제각기 종이 상자를 뒤집어쓴 채 줄지어 나갔습니다.

그 직후입니다.

"꺄아아아아아아아아아!! 종이 상자예요!!"

소리치는 쇼콜라.

"방해하지 마! 종이 상자!"

그리고 시야에 들어가자마자 농구공을 집어 던지며 살의를 드러내는 그 외 2명.

“으아아아아아아아아아아아아아아아아아!!”
날아가는 실라.

어머나 세상에. 이대로는 저희도 농구공에 두들겨 맞고 말 겁니다.

결국 저희는 허둥지둥 창고로 물러나기로 했습니다.

“어이. 아까부터 어째서 나만 피해를 보는 거지?”

납득이 가지 않는다는 얼굴의 실라는 제쳐두고 저희는 다시 대책을 생각했습니다.

그리고 네 번째.

“안녕하십니까.”

사야가 왔습니다.

“아니 아니 아니.”

그녀가 들어온 순간 고개를 젓는 실라.

“그러니까 너희는 어떻게 하나같이 아무렇지 않게 들어오는 건데⋯⋯?”

“자, 사소한 건 신경 쓰지 마세요. 실라 선생님.”

통 하고 가볍게 어깨를 두드리는 사야.

아무튼 일레이나가 사정을 설명했습니다.

사야는 고개를 끄덕였습니다.

“과연. 사정은 잘 이해했어요!”

이해해주셔서 다행입니다.

“그래서, 뭔가 방법이 있을까요?”

묻는 저.

그러자 사야는 "네!" 하고 기운차게 고개를 끄덕이고.

"없습니다!"

그렇게 답했습니다.

…………

이상.

"뭐 하러 온 거냐고!!"

실라의 고함이 다시 체육 창고에 메아리쳤습니다.

그런고로 아이디어는 바닥났습니다.

온갖 수단을 다 썼지만 저희는 좁은 체육 창고에서 나가지 못했고, 그저 인원수가 늘어나기만 할 뿐.

"이거 어쩔 건데……."

망연자실하는 실라.

살짝 열린 문 너머에서는 여전히 로자미아와 로베르타, 두 사람이 자유투 대결을 하고 있었습니다.

빠른 사람이 승자라고 말한 것치고는 두 사람 다 그다지 농구를 잘하지는 못하나 봅니다.

뒤에서 지켜보는 것에 지친 쇼콜라가 졸린 듯 하품하는 모습이 보였습니다.

"결국 저 녀석들이 질릴 때까지 우리는 여기에 갇힌 채, 라는 건가……."

크게 한숨을 내쉬는 실라.

학생들이 코앞에서 보고 있는 와중에 노골적으로 불평을 늘어
놓고 싶지 않았을 테지요. 그러나 그 표정은 "오늘은 일찍 돌아가
고 싶었는데"라며 부루퉁해 있는 것처럼 보였습니다.

저는 웃었습니다.

"괜찮아요. 실라."

"뭐가 괜찮은데?"

한숨과 함께 이쪽을 보는 그녀.

저는 가르쳐드렸습니다.

그것은 다섯 번째 방법.

"지금 막, 준비를 마쳤으니까요."

**이 상황에 빠지는 것 자체가, 제가 생각했던 화려한 탈출 방법
이었던 것입니다.**

○

그러고서 저와 실라는 일레이나, 사야, 아빌리아, 세 사람을 이
끌고서 매우 평범하게 체육 창고를 뒤로했습니다.

다섯 명이 사이좋게 체육 창고에서 나와, 시치미를 뗀 얼굴로
자유투 대결을 하고 있는 로자미아 일행의 바로 옆을 스쳐 지나
갔습니다.

심지어 제가 "늦었으니까 적당히 해두세요"라고 말을 걸었을
만큼 여유가 넘쳤습니다.

그들은 제게 고개를 끄덕이기만 할 뿐, 의심하는 듯한 모습은

보이지 않았습니다.

대체 어째서일까요?

"실라. 수상쩍은 짓이라는 건 적은 인원이 몰래 살금살금 하기 때문에 수상쩍게 보이는 것이랍니다."

설명해드렸습니다.

체육 창고에서 사람이 둘 나온다── 아마도 그러한 상황을 마주한 이들 대부분이 좋지 않은 쪽으로 상상력을 부풀릴 터입니다.

그럼 체육 창고에서 학생 셋을 데리고 교사들이 나온 경우는 어떨까요?

아마도 많은 분이, 안에서 어떤 작업을 한 거라고 판단해줄 터입니다.

"처음부터 그걸 노리고 인원수를 늘렸다는 건가."

납득하는 실라.

그 말대로입니다.

결과적으로 저희는 그 후 별 어려움 없이 체육 창고에서 나올 수 있었습니다. 조금 늦어졌지만, 뭐 허용 범위 내일 테지요.

석양에 물든 교사를 바라보며 저는 입을 열었습니다.

"그나저나 실라는 이제부터 어쩔 생각인가요?"

"어쩌다니?"

의아하다는 듯이 실라는 답했습니다.

"예정대로, 일단 돌아가서 혼자 밥이라도 먹을 생각이다만."

"어머나 세상에."

저는 노골적으로 미간을 찌푸려 보였습니다.

모처럼 학생들과 함께 궁지를 벗어났건만, 원래 예정 그대로 보낼 생각이라는 건가요?

"실라."

불러 세우는 저.

"뭔데?"

고개를 갸우뚱하는 그녀.

쓸데없는 오지랖일지도 모르지만, 한 가지 제안을 하도록 하지요.

"괜찮다면 지금부터 식사라도 하는 게 어떤가요? 학생들과 함께."

그리고 저는 미소를 지어 보이며 말했습니다.

"사람 수가 많은 편이 신나고 좋잖아요?"

●

슈욱————.

빨려 들어가듯이 공이 림 안을 통과해 간다.

기묘한 흐름으로 시작된 자유투 대결은 싱겁게 끝났다.

"져, 졌다……!"

그 자리에서 고개를 떨구는 로베르타.

승부는 그의 패배로 막을 내렸다. 용모 단정, 운동 신경 발군에 왕자라고 불리는 그라 해도 가질 수 없는 것은 있다.

"훗, 아무래도 쇼콜라의 마음은 내 것인가 보군!"

로자미아의 집념 앞에 그는 패했다.

기쁨과 흥분을 품고서 그는 돌아보았다.

"쇼콜라! 보고 있었어? 내 승리야!"

"쿠울……."

잠들었다.

지루한 싸움이 너무 길어진 나머지 잠들었다.

"쇼콜라, 일어나. 일어나 봐."

몸을 흔들어 깨우는 로자미아.

이윽고 쇼콜라는 "으음……" 하고 귀찮다는 듯이 눈을 떴다.

"흐아암…… 좋은 아침…… 로자미아."

"자, 돌아가자. 쇼콜라."

"아, 응. 끝났나요?"

졸리네요…… 하고 하품하는 쇼콜라. 로자미아는 그런 그녀의 손을 잡았다.

"…………."

두 사람의 사이좋은 모습을 바라보는 로베르타.

패자인 그가 두 사람에게 할 수 있는 말은, 없었다.

그저 조용히 배웅하는 것이 그에게 남겨진 유일한 역할.

그러나 두 사람의 뒷모습을 바라보는 그에게, 하늘의 계시가 내려왔다.

―――――사람 수가 많은 편이 신나고 좋잖아요?

로베르타는 생각했다.

아, 그 수가 있었구나.

"잠깐만!"

급하게 로베르타는 두 사람을 불러 세웠고.

말했다.

"셋이 사귀면 어떨까?"

그러한 의견을 내어놓았다.

이 기회에 셋이 사이좋게 지내면 좋잖아! 명안! 자, 해결! 콧바람을 흥흥거리며 기세등등한 로베르타.

"…………."

로자미아는 미소 띤 얼굴로 그런 그를 돌아보았고.

그리고 말했다.

"아니 당연히 무리지."

그리하여 로자미아와 쇼콜라는 사이좋게 손을 맞잡고 돌아갔다. 진심으로 서로 사랑하는 두 여고생. 어딘가 고귀한 광경이었다. 끼어들어서는 안 될 것만 같았다.

"여자아이끼리는, 좋구나……!"

거기에 더해 로베르타가 무언가에 눈을 떴다.

"저기, 그리고 보니 일레이나 씨랑 사야 씨는 언제부터 친했어?"

방과 후의 교실.

저와 사야 씨, 그리고 암네시아 씨 셋이서 대수로울 것 없는 잡담을 나누던 도중의 일이었습니다. 조금 더 구체적으로 말하자면 "어제 일레이나 씨가 마법사 같은 차림을 하고 내 꿈에 나왔어요"라는 망상 같은 이야기를 하고 있던 때의 일.

암네시아 씨는 "호오" 같은 소리를 내면서 사야 씨의 망상에 고개를 끄덕이는가 싶더니, 생각났다는 듯이 저희에게 물은 것입니다.

"입학하고 1년 정도 지났는데, 그리고 보니 일레이나 씨와 사야 씨는 만났을 때부터 쭉 같이 있는 것 같아."

그렇게.

듣고 보니 그러네요.

흐음 하고 고개를 끄덕이며 저는 답했습니다.

"저와 사야 씨가 만난 건 입학식 당일이었죠."

반면 암네시아 씨와 만난 건 작년 여름 무렵. 대략 4개월 정도 차이가 있으니, 쭉 같이 있는 것처럼 여겨져도 어쩔 수 없는 부분은 있을지도 모릅니다.

"두 사람은 어떤 식으로 만났어?"

궁금한걸, 하고 책상 위로 몸을 쑥 내미는 암네시아 씨.

"그냥 평범하게 만났습니다."

저는 어깨를 으쓱이고서 답했습니다.

길게 시간을 들여가며 할 만한 이야기도 아닙니다.

저희가 만난 것은 1년 정도 전——— 고등학교 입학 직후의 일입니다.

당시에는 저희 셋 중에 저와 사야 씨 둘만 같은 반이었습니다. 저희는 우연히도 자리가 가까웠고 집도 그럭저럭 가까웠기 때문에 어쩌다 보니 평소부터 거리가 가까웠고, 이내 평범하게 말을 주고받게 되었을 뿐입니다.

이야기를 나눠보니 마음이 꽤 잘 맞았기 때문에 지금도 이렇게 함께 있는 것입니다.

요컨대 흔한 이야기입니다.

뭐, 대충 그런 느낌입니다.

그렇죠? 사야 씨.

"후후훗——— 잘 물어보셨습니다. 암네시아 씨."

………….

사야 씨?

전혀 특별할 것 없는 옛날 일을 떠올리며 사야 씨 쪽으로 시선을 돌린 직후, 저는 고개를 갸웃거리게 되었습니다.

어째선지 그녀는 쓸데없이 의기양양한 표정을 짓고 있었던 것입니다.

"사실 지금까지 잠자코 있었는데——— 일레이나 씨와 나는 아주 운명적으로 만났죠……."

“호오, 그렇구나.”

―――――아니 그런 일은 전혀 없었다고 생각합니다만.

과자를 오물오물 먹으면서도 솔직하게 흥미를 보이는 암네시아 씨에게 사야 씨는 헛소리를 마구 늘어놓았습니다.

“이제 전생에서부터 운명의 붉은 실로 이어져 있다고밖에는 생각할 수 없을 정도의 일이 우리 사이에서 일어났었죠.”

“대단해!”

아작아작 쿠키를 깨물어 먹는 암네시아 씨.

“어떤가요? 암네시아 씨. 듣고 싶은가요? 우리의 이야기.”

“듣고 싶어.”

우물우물하는 암네시아 씨.

“이런! 참고로, 우리 만남의 이야기는 이 세상에 존재하는 영화나 드라마랑은 비교가 안 될 만큼 눈물 나는 이야기예요. 나와 마찬가지로 일레이나 씨 옆에 서고 싶다고 바라는 암네시아 씨가 이 이야기를 듣고 자신감을 잃어버리는 건 아닐지, 저는 걱정이 되네요!”

“그렇구나.”

저에게 “하나 먹을래?” 하고 과자를 내미는 암네시아 씨.

“어떤가요? 그래도 아직 듣고 싶은가요?”

물러나려면 지금이에요! 하고 기세 좋게 이야기하는 사야 씨.

암네시아 씨는 그런 그녀에게 “응” 하고 간단히 고개를 끄덕여 보였습니다.

“뭐, 사야 씨가 어제 꾼 꿈의 내용보다는 재미있을 것 같으니까

들고 싶으려나.”

“그 말은, 꿈 내용에는 흥미가 없다는 건가요?”

“일레이나 씨 과자 하나 더 줄게.”

참견하는 제 입에 과자를 틀어넣는 암네시아 씨. 입막음이로군요. 좋고말고요. 쓸데없는 말은 하지 않기로 하겠습니다.

만족하며 뇌물을 받아들이는 제 옆에서 사야 씨는 에헴 하고 가슴을 폈습니다.

“그렇다면 들려드리죠! ……그것은 아득히 먼 옛날의 이야기——.”

아니 아니.

아득히 먼 옛날이라니.

“저희가 만난 건 작년인데요?”

“그것은 아득히 먼 옛날의 이야기————!”

“강제로 진행시키네…….”

어째선지 잘 모르겠지만 이어서 사야 씨에 의한 단독 공연이 막을 올렸습니다.

몸에 걸친 것은 검은 로브와 삼각 모자, 그리고 별을 본뜬 브로치.

내 이름을 사야.

숲의 마녀, 사야.

“후우…… 여기가 마법사의 나라, 인가요?”

빗자루에 걸터앉아 둥실둥실 떠 있는 내 눈에 비친 것은 지붕 위에 간판을 둔 기묘한 거리.

무기점, 도구점, 숙소 등. 온갖 간판이 빗자루에 탄 채로도 잘 보이도록 위쪽을 향한 상태로 늘어서 있었습니다.

“소문대로 꽤 좋은 경치네요.”

마녀이자, 그리고 여행자이기도 한 나에게도 이 나라에 관한 평판은 들려왔습니다.

마법사의 나라.

그것은 험준한 산악 지대에 고요하게 존재하는 나라이자, 이름대로 마법사만이 입국을 허락받는 비경.

그리고 수많은 마법사가 동경하는 땅이기도 합니다.

우리 마법사는 계급이 나뉘어 있는데, 아래부터 마도사, 마녀 견습생―――그리고 최고위인 마녀, 세 개입니다.

마노사에서 마녀 견습생으로 승격하기 위해서는 어려운 시험을 뛰어넘어야만 하며, 그것은 이 나라에 살고 있는 마도사들이라 해도 예외는 아니었습니다. 심지어 이 나라는 승격 희망자가 특히 많기 때문에 타국보다도 승격 기준이 엄격하다고 합니다.

즉, 이 나라에서 마녀 견습생이 되기란 지극히 어려운 일.

바꿔 말하자면 이 나라에서 마녀의 증거인 별을 본뜬 브로치를 달고 지내면 주변 사람들에게 선망의 시선을 받는다는 뜻이지요!

“에헴.”

아무도 보고 있지 않은데 가슴을 펴는 나.

그렇게 나라의 상공에서 빗자루에 올라타 느긋하게 시간을 보내고 있던 때의 일이었습니다.

“비, 비켜주세요오오오오오오오오오오오오오오오!”

목소리가 들렸습니다.

"응?"

기분 좋은 상태 그대로 돌아보는 나.

그 직후에 "와아 큰일"이라고 마음속으로 생각했습니다.

거기에 있던 것은 한 소녀.

머리카락은 잿빛, 몸에 걸친 것은 검은 로브와 삼각 모자. 나이는 대충 나와 비슷한 정도. 한순간에 확인할 수 있었던 것은 그 정도.

어디의 누구인지는 모르겠습니다만, 분명 절망적일 만큼 빗자루 조종이 서툰 것일 테지요.

"꺄아아아아아아아아아아아아아악!"

그녀는 그대로, 엄청난 속도로 빗자루를 타고 날아와 내게 격돌했던 것입니다.

"으갸아아아아아아아아아아아악!"

퍼어어어어어어어억! 내 몸이 그녀와 함께 떨어졌습니다. 뒤엉켜서 지붕 위를 부수는 모습은 마치 운석 그 자체.

정렬해 있던 지붕재는 후두둑 와장창 벗겨져 나갔고, 그래도 기세는 죽지 않은 채 우리는 거리의 길 위로 추락했습니다.

"아야야야야……."

내 위에서 몸을 일으키는 잿빛 머리카락의 마법사.

"죄송합니다아. 아직 빗자루를 다루는 데 익숙하지 않아서."

귀엽게 고개를 기울이며 "죄송해요오" 하고 그녀는 사죄를 한 번.

마녀인 내게 부딪혀놓고 그런 가벼운 태도로 사과하다니! 어쩜 이렇게 자기 분수도 모르고! 라고 할까, 언제까지 내 위에 올라타 있을 셈입니까? 무겁거든요!

"잠깐 잠깐! 그 태도는 뭐야?!"

나는 분명한 태도로 고개를 들었습니다.

그리고 그녀의 얼굴을 찌릿 노려보고, 말해주었습니다!

"어? 엄청 귀여워……."

두근.

그때 내 가슴은 어째선지 두근거렸습니다.

이게 어떻게 된 일인가요! 조금 전에는 잘 보이지 않았는데, 나와 충돌한 그녀의 얼굴은 자세히 보면 볼수록 심하게 귀여웠던 것입니다.

불평 한마디 해주려 했는데 나는 반사적으로 의도와 다른 말을 내뱉고 있었습니다.

"어머? 귀여운, 가요……?"

당황한 모습으로 고개를 갸웃거리는 그녀.

"아, 아니. 죄송합니다. 말이 헛나왔어요……."

나, 정신 차리세요! 지금 내가 해야 할 것은 사과가 아닙니다! 애초에 잘못한 건 그녀입니다. 지금은 의연한 태도로 주의를 주어야만 합니다!

그래서 나는 이어 숨을 들이쉬고.

"저기 말이죠. 갑자기 사람한테 부딪히다니————."

"————아, 대단해! 혹시 당신, 마녀님인가요?"

내 가슴께에 달린 브로치를 바라보면서 손을 꼭 잡는 그녀.

"흐헤헤."

손을 잡혔어어…….

"괜찮다면 제게 마법, 가르쳐주시지 않겠어요오?"

"흐헤헤."

이제 뭐가 어찌 되든 상관없어…….

————어쩌면 그녀의 얼굴이나 목소리나 그 양쪽에 위험한 물질이라도 섞여 있는지도 모릅니다. 아무리 생각해도 예사롭지 않은 방식의 만남이건만, 나는 그날부터 그녀에게 마법을 가르쳐주게 되었습니다.

그녀의 이름은 일레이나.

마녀를 목표로 하여 시골에서 올라온 마도사.

그리고 나는 마법사의 나라에 머무는 사흘 동안, 그녀를 크게 앞서 나가는 마녀로서 그녀에게 마법을 가르쳐주게 되었습니다.

"우으…… 바람 마법을 잘 못 하겠어요……."

고민하는 그녀. 멀찍이 놓인 병을 바람 마법으로 쓰러뜨려 주세요 하고 시키자, 그녀는 우으으 하고 눈꼬리를 늘어뜨렸습니다.

이건 마녀로서 시범을 보여드려야만 하겠군요!

"알겠어요? 바람 마법은 이렇게 하는 겁니다."

나는 이어서 그녀의 등 뒤에 서서 그녀의 양쪽 손목을 잡았습니다. 그리고 그녀가 들고 있는 지팡이에 마력을 흘려 넣어 마법을 날려 보였습니다. 이렇게 하면 왠지 감각이 잡히지 않나요?

"어떤가요?"

귓가에서 묻는 나.

그러자 그녀는 뺨을 붉히며 말했습니다.

"귀, 귀가 간지러워요오……."

"흐헤헤."

엄청 귀여워…….

참고로 그녀와는 기본적으로 매일 함께 보냈습니다.

물론 식사할 때도 마찬가지.

"우으…… 저, 버섯은 못 먹어요……."

"어라? 그런가요? 그럼 내가 먹어줄게요. 에잇."

그녀의 스튜에서 버섯을 회수하는 나.

"대단해! 역시 사야 스승님이에요!"

눈을 반짝이며 빛내는 일레이나 씨.

"흐헤헤."

나는 칠칠치 못한 얼굴을 한 채로 버섯을 입에 넣었습니다.

참고로 그만 깜빡했는데, 나도 버섯은 잘 못 먹습니다.

"쿨럭!"

당연히 사레들렸습니다.

아무튼 나와 일레이나 씨는 그렇게 매일 함께 보냈습니다.

"사야 씨…… 오늘도 같이 자도, 되나요오……?"

"후후훗. 어쩔 수 없네요."

물론 잘 때도 함께!

유후! 최고예요!

"좋아해요. 사야 씨……."

"흐헤헤."

이렇게 우리는 아주 멋진 날들을 보냈————.

"아니 아니 아니."

하아아 하고 큰 한숨과 함께 사야 씨의 이야기를 중단시킨 것은 암네시아 씨.

"길다고. 망상이."

"망상이라니 실례잖아요! 이건 어엿한 나와 일레이나 씨가 만났을 때의 이야기거든요? 그렇죠? 일레이나 씨."

"제게 동의를 구하지 말아주세요."

윙크를 날리는 사야 씨에게 어깨를 으쓱여 답해드렸습니다.

이야기가 일단락될 때까지 저도 암네시아 씨도 잠자코 듣고는 있었습니다만, 내용에 지적할 부분이 너무 많았습니다.

"두 사람이 만났을 때의 이야기인데 어째서 마법 세계가 무대인 건데?"

그게 망상이 아니면 뭐야? 라는 암네시아 씨.

"이건 나랑 일레이나 씨가 어제 꿈에서 만났을 때의 이야기거든요."

"요컨대 그냥 꿈 얘기라는 거잖아!"

"아시나요? 암네시아 씨. 우리가 평소 꾸는 꿈은 평행 세계의 자기 자신이 체험하고 있는 일—— 이라는 설이 있거든요!”

“평행 세계라니, 그게 뭐야?”

설명하도록 하지요.

“요컨대 같은 등장인물이지만 여기와는 조금 상황이 다른, 또 다른 세계라는 거죠. 검과 마법의 세계거나, 혹은 SF거나. 단적으로 이세계라고 표현하기도 합니다.”

일반적으로는 영화나 게임 등에서 자주 쓰이는 말이지요.

대략적으로 그렇게 말했을 때 암네시아 씨는 “호오” 하고 고개를 끄덕였습니다.

“사야 씨는 그런 오컬트에 흥미가 있었구나.”

“오컬트에는 그닥 흥미 없지만 마법사 차림을 한 일레이나 씨가 너무 귀여웠기 때문에 현실이 되었으면 싶어서 이것저것 조사했죠.”

“열의가 무서워…….”

“참고로 꿈에 나온 일레이나 씨는 이런 차림이었어요.”

처억! 하고 책상에 로브 차림의 제 스케치를 꺼내놓는 사야 씨. 어째선지 삼각 모자에는 ‘나랑 커플 모자♡’라는 메모까지 적혀 있었습니다.

“열의가 무서워…….”

다시 탄식으로 답하는 암네시아 씨.

뭐, 세세한 내용까지 기억하고 있는 것으로 미루어 보아 방금 했던 이야기는 아마도 정말 지난밤에 꾼 꿈일 터이겠습니다만.

“가령 평행 세계라고 해도 제 언동이 명백하게 저답지 않은 것도 신경 쓰이네요."

뭔가 상세한 설정을 들었는데—— 요컨대 사야 씨가 제가 동경하는 존재라는 설정이었습니다만, 가령 그렇다고 해도 저는 노골적으로 아양을 떠는 일은 하지 않으리라고 봅니다.

"응? 그렇게 이상했나요?"

제 항의에 사야 씨는 으응? 하고 고개를 갸웃거렸습니다.

"적어도 일레이나 씨와 사야 씨의 입장이 반대였다면 그나마 납득이 될지도 모르겠는데."

"그러네요."

암네시아 씨에게 고개를 끄덕이는 저.

사야 씨는 말했습니다.

"참고로 그 후 일레이나 씨가 마녀의 증거인 브로치를 훔쳐서 나라에서 나갑니다. 나를 방심하게 해서 브로치를 훔칠 기회를 엿봤던 거예요!"

"과연, 안심했어. 꿈속이라도 일레이나 씨는 일레이나 씨였네."

"암네시아 씨 안에서 저는 대체 어떤 이미지인 건가요?"

그보다, 꿈 내용이 너무 엉망진창이지 않은가요?

요컨대 저는 그냥 사기꾼인 거잖아요?

"일레이나 씨. 다른 세상에서 있었을지도 모를 가능성의 이야기라면, 아무리 엉망진창이어도 오케이예요."

"그렇다고 해도 지나치게 엉망진창인 것 같습니다만."

"뭐, 그건 그렇다 치고."

"이야기를 넘겨버렸군요."

“아무튼 나랑 일레이나 씨는 이런 느낌의 드라마틱한 만남으로 친해졌던 거예요. 암네시아 씨!”

무리하게 이야기를 진행시키는 사야 씨.

그 눈은 명백하게 ‘어떤가요? 부럽죠?!’라고 말하고 싶은 듯했고, 쓸데없이 우쭐대는 것처럼 보이기도 했습니다.

“그것참, 곤란하네요. 우리만큼 운명적인 만남을 거치면, 이제 다른 사람이 끼어들 여지도 없을 만큼 질긴 인연이 되는 거죠. 그렇죠? 일레이나 씨.”

“하지만 그건 꿈일 뿐이잖아요?”

“아뇨, 아니에요! 이건 나랑 일레이나 씨가 다른 세상에서 경험한 만남과 이별의 이야기…….”

말하면서 사야 씨는 힐끔힐끔 암네시아 씨에게 시선을 보냈습니다.

“그런데, 그러한 사실을 바탕으로 해서 묻고 싶은데 일레이나 씨는 암네시아 씨와 어떤 경위로 알게 되었나요?”

“어떤 경위, 라고 한들…….”

글쎄요? 하고 고개를 갸웃거리는 저.

암네시아 씨와 만난 건 작년 여름 무렵의 일. 이미 저는 사야 씨와는 친구였기 때문에, 암네시아 씨와 친해진 경위도 설명했던 것 같습니다만.

혹시 잊어버린 것일까요?

“딱히 그렇게까지 특별한 경위도 아니에요.”

작년 여름, 방과 후의 일입니다.

저와 암네시아 씨, 두 사람이 우연히 도서실에서 공부를 하고 있었는데 공부하는 데 필요한 지우개를 그녀가 잃어버린 모양이었고, 샤프 뒤에 달린 지우개를 쓸지 말지 심각하게 고민하고 있기에 옆에서 지우개를 건네주었던 것이 시작이었습니다.

그러고서 평범하게 이야기를 나누게 되었고, 친구가 되었고, 그래서 사야 씨도 섞여 셋이 함께하게 되었던 것입니다.

계기는 그러한 사소한 것이었다고 기억합니다.

그렇죠? 암네시아 씨.

"후후훗. 잘 물어봤어. 사야 씨."

………….

"암네시아 씨?"

어째서 아까 사야 씨가 지었던 것 같은 표정을 짓고 있는 건가요?

"사실 지금까지 말하지 않았었는데…… 나랑 일레이나 씨도 말이지, 운명적인 만남, 거쳤거든……."

"어째서 조금 전 사야 씨 같은 말을 하는 건가요?"

뭔가 경쟁하고 있는 것 같은데요?

"?! 암네시아 씨도, 말인가요……?!"

"당신도 뭘 놀라는 건데요?"

작년 일을 잊은 겁니까? 사야 씨.

"혹시 도서실에서 우연히 만났다, 든가……?"

"기억하고 있잖아요!"

그런 느낌의 만남이었습니다. 그렇죠? 암네시아 씨.

"아니! 그런 평범한 방식의 만남이 아니었어!"

"와아, 부정했어."

정말이지 뭐 하는 건데요?

"사야 씨와 일레이나 씨가 만난 경위 못지않은 운명적인 만남이, 거기에는 있었던 거야——."

"뭐라고요⋯⋯?!"

"사야 씨, 분위기 잘 타네요."

이 자리에서 냉정한 건 저뿐입니까?

"후후후. 듣고 싶어? 사야 씨."

"바라던 바예요. 어떤 만남의 이야기인지 들어드리도록 하죠."

"하지만, 괜찮을까? 나와 일레이나 씨의 만남 이야기는 사야 씨 같은 아이에게는 좀 자극이 강하니까⋯⋯ 실신해버릴지도."

"자극이 강하다고요?!"

이쪽 보지 말아 주세요.

기대하는 표정으로 이쪽을 보지 말아 주세요.

그러나 탄식하는 저를 무시한 채 암네시아 씨는 이어서 저희의 만남 이야기라는 것을 천천히 말하기 시작했습니다.

"나와 일레이나 씨가 처음 만난 건⋯⋯ 아득히 먼 옛날 일이야——."

아니 아니 아니.

아득히 먼 옛날이라니.

"이 도입 방식, 유행하고 있는 건가요?"

"그날, 나는 여행자로서 마법사의 입국을 금지하고 있는 이상한 나라――――변경의 아르베드를 방문했어.”

“게다가 전혀 아득히 먼 옛날이 아니야…….”

그 나라는 어디인가요?

현실에 없는 나라잖아요. 명백하게 조금 전 사야 씨의 꿈 이야기와 비슷한 느낌의 도입이잖아요.

그렇게 이것저것 지적하는 저를 무시한 채, 그 후 결국 암네시아 씨의 단독 공연이 이번에도 막을 올렸습니다.

여행자인 나 암네시아는 그날, 나라의 문 앞에 다다랐다.

“환영합니다! 여기는 변경의 아르베드! 당신은 여행자입니까?”

이름은 변경의 아르베드. 마법사의 입국을 금지하고 있는 이상한 나라.

나를 미소 띤 얼굴로 맞이해준 문지기 병사님은 이어서 두세 가지 질문을 던졌고, 마지막으로 “뭐 아마 괜찮을 거라고 생각하지만―― 당신은 마법사가 아니겠지요?”라며 고개를 갸우뚱했다.

“물론 아닙니다.”

허리에 찬 검에 가볍게 손을 올리며 답했다. 나는 여행하는 검사. 보이는 그대로 마법은 쓰지 못한다. 문지기 병사님은 “역시 그렇죠?” 하고 만족스레 고개를 끄덕인 다음 옆으로 물러났다.

나를 통과시켜주려나 보다.

“고맙습니다.”

가볍게 인사를 하고서, 나는 입국을 마쳤다.

문지기 병사님은 “천만에요”라며 고개를 끄덕이고, “관광할 때는 마법사를 조심하세요"라고 덧붙였습니다.

조심하라고?

이상한 충고에 지금 막 내디딘 내 걸음이 멈추었다.

"이 나라는 마법사의 입국을 금지하고 있지 않은가요?"

인근 나라의 상인들에게 그런 식으로 들었을 터입니다만. 있을 리 없는 자를 상대로 대체 무얼 조심해야 하는지?

"아니 그게…… 분명 우리나라는 마법사의 입국을 금지하고 있기는 한데……."

머리가 의문으로 가득해진 나를 보며 문지기 병사님은 눈썹 끝을 늘어뜨렸다.

"사실 어젯밤, 우리나라에서 마법사를 발견해서 말이죠……."

말하길, 입국을 금지해도 신분을 숨기고 숨어드는 마법사가 존재하는 모양이고, 그런 범죄자를 찾아내기 위해 이 나라에서는 정기적으로 거리에서 예고 없이 소지품 검사를 실시하는 경우가 있다고 한다.

입국 시에 거짓말을 잘해서 빠져나갔다고 해도, 나라 안을 돌아다니다 보면 마음이 풀어지게 되는 법. 이 검사에 걸리는 마법사는 상당히 많다고 한다.

어젯밤도 마찬가지.

"잠깐, 거기 당신."

평소처럼 병사님은 길을 걷고 있던 사람에게 말을 걸었다.

"네? 뭔가요?"

돌아보는 것은 관광객 여성. 머리카락은 잿빛, 눈동자는 유리색. 이 나라에는 며칠 전부터 체재하고 있으며, 물어보지도 않았는데『세상에서 제일 귀여운 여성은 누구일까요? 그렇습니다. 저입니다』라고 말할 듯한 분위기를 가진 아이였다든가?

그건 제쳐두고, 병사님은 일을 했습니다.

"짐을 좀 보여주겠나?"

검사를 실시하는 이유에 관해서도 간단히 설명하고, 손을 내미는 병사님.

켕기는 사정이 없는 한 짐을 보여줄 터.

그러나 여성은 손에 들고 있던 가방을 끌어안으며 고개를 저었다.

"네? 어어어째서 보여줘야 하는 건데요?"

매우 수상쩍다. 뭔가 감추고 있는 거 아냐?

"뭔가 보여줄 수 없는 사정이라도 있나?"

병사님은 다그쳤다.

그러자 수상한 여성은 갑자기 병사님의 등 뒤를 가리키고, 소리쳤다고 한다.

"아! 큰일이에요! 당신 뒤에 마법사가 있어요!"

"뭐라고?!"

돌아보는 병사님.

"속았죠?"

그런 말과 함께 여성이 웃은 것은 그 직후.

거짓말이었나 보다.

등 뒤에 마법사 같은 건 어디에도 없었고, 오히려 그녀가 바로 마법사였다. 다시 앞을 돌아보았을 때 그녀는 이미 지팡이를 손에 들고 있었다.

"에잇!"

그리고 마법을 날렸다.

병사님은 그 자리에서 살짝 날려갔고, 정신을 차렸을 때 여성은 사라지고 없었다고 한다.

"―――그런 이유로 우리는 급하게 그 여성을 긴급 수배하기로 했습니다."

문지기 병사님은 이런 이런 하며 어깨를 움츠리고, 내게 종이를 한 장 내밀었다.

그것은 수배서.

머리카락은 잿빛, 눈동자는 유리색. 『그렇습니다. 저입니다』라고 말할 듯한, 뽐내는 표정의 여성이었다. 현재는 똑같은 종이를 배포하고 다니고 있다고 한다.

"이 여성을 발견하면 바로 우리에게 신고해주십시오. 잘 부탁드립니다."

"알았습니다."

설명을 얼추 듣고서 나는 고개를 끄덕이고, 입국을 마쳤다.

그리고 문을 통과했을 때 나는 일기장을 꺼내 방금 들은 이야기를 상세하게 적었다.

내게는 여행자로서, 일어난 일을 바로 기록으로 남겨두는 습관이 있었다.

이렇게 함으로써 언제 어느 나라에 갔는지, 어떤 나라였는지,

무슨 일이 있었는지를 언제든 떠올릴 수 있다. 어떠한 이유로 기억에서 사라지는 일은 있어도, 기록까지는 사라지지 않는다. 지금까지의 여행의 기억은 손에 있는 일기에 겹겹이 쌓여 있다.

오늘 일기에 쓸 내용은 이미 정해져 있다.

"마법사는 들어오면 안 된다고 하는데 들어오다니, 나쁜 사람도 다 있네."

조금 전 문지기 병사님과 나눈 대화를 나는 일기 속에 남겼다.

천천히 걸으면서, 정신없이 글을 적었다. 그런 식으로 버릇없는 행동을 하고 있었기 때문에, 앞에서 여성이 걸어오고 있다는 것을 전혀 알아차리지 못했다.

"————와앗!" 맞은편에서 걸어온 여성은 엉덩방아를 찧었고, 그리고.

"————꺄앗!" 나도 마찬가지로, 길 위에 넘어졌다.

먼저 아픔이 찾아오고, 이어서 죄악감이 들었다. 입국 직후에 갑자기 남에게 폐를 끼쳤어……!

"아, 죄, 죄송합니다! 일기를 쓰는 데 정신이 팔려서……."

허둥지둥하며 곧장 일어난 나는 상대의 짐을 주워 모았다.

일기, 잡지, 그리고 먹던 사과.

장을 보고 돌아오던 길인지도 모른다. 면목 없는 짓을 해버렸어……. 나는 몹시도 미안해하며 양손으로 상대 여성의 짐을 안아 들었다.

"정말로 죄송합니다. 괜찮다면 변상이라도————."

고개를 들고.

그리고 상대의 얼굴을 이때 처음으로 보았다.

"걸으면서 일기를 쓰는 건 좋다고 할 수 없겠네요."

정말이지 하고 허리에 손을 올리는 것은 나와 비슷한 나이대의 여성. 카디건에 원피스라는 지극히 평범한 옷을 입고 있었고, 액세서리라고 부를 만한 것은 목에 건 비싸 보이는 목걸이 하나뿐. 차림새는 둘째 치고, 머리카락은 잿빛에 눈동자는 유리색이었다.

……어라?

나는 고개를 갸웃거렸다.

손에 들고 있던 종이를 들어 보았다.

"……뭔가요?"

의아한 표정을 짓는 그녀.

머리기락은 잿빛, 눈동자는 유리색.

………….

동일 인물이잖아…….

"아니, 아닙니다. 저는 마법사도 뭣도 아니라니까요."

마법사 임시 수용소.

그 이름대로, 나라 안에 숨어든 마법사를 임시로 가둬두는 장소에서 무어라 말하고 있는 그녀의 이름은 일레이나라는 모양이었다. 며칠 전에 입국했을 때의 기록이 남아 있었다.

마법사이면서 신분을 숨기고 입국한 죄는 무겁다.

"당신 말이야, 본인이 한 짓을 아는 거야? 우리나라는 마법사의 입국 같은 건 인정하지 않아. 이건 대단한 중죄라고."

그런 이유로 병사님에게 호되게 다그침을 받았다.

나쁜 짓을 했다면 반성해야만 한다. 나는 그녀의 동향을 지켜보았다. 그러나 그녀는 상당히 끈질긴 성격인 모양이었다.

"저는 정말로 마법사가 아니에요."

그녀는 태연하게 말했다.

"무슨 말을 하는 거야? 어젯밤, 소지품 검사를 당했을 때의 일을 잊은 거야?"

"저 실은 매일 기억 상실이 되는 타입의 히로인이거든요."

"매일 기억 상실이 되는 타입의 히로인이라니 그게 뭔데?"

"그렇습니다. 저입니다."

"이 녀석은 대체 뭐야……."

예상치 못한 변명에 당황하는 병사님.

하지만 일레이나 씨의 소지품을 검사해보아도 지팡이나 별을 본뜬 브로치 같은, 마법사임을 증명할 수 있을 만한 짐은 하나도 나오지 않았다.

"어이! 너, 네 지팡이를 어디에 숨겼지? 말해!"

"네? 무슨 말씀인가요오? 저는 기억 상실이라 모르겠는데요오."

"크읏……! 야비한 놈……! 증거를 은닉했구나……!"

그녀가 마법사라는 사실을 증명하지 못하면 감옥에 계속 넣어둘 수 없다. 병사님은 이어 온갖 방법을 다 써서 그녀가 마법사라는 증거를 찾으려 했다.

예를 들면 지팡이를 쥐어보게 하거나.

"자! 마법을 써봐!"

“네? 이 막대기는 뭔가요오? 모르겠어요오.”

혹은 빗자루를 써보게 하거나.

“이걸로 하늘을 날아봐.”

“아하하! 무슨 말인가요오? 빗자루는 청소에 쓰는 거잖아요?”

이것저것 해보았지만 그녀는 전부 화려하게 회피해 보였다. 절대로 마법사라는 증거를 내놓지 않겠다고 하는 굳은 의지마저 느껴졌다.

범죄자지만 그러한 철저한 자세는 조금 감탄스럽기도 했다. 나는 눈앞의 그녀가 조사받는 상황을 기록으로 남기기 위해 다시 일기장을 손에 들었다.

“어라라?”

그리고 직후에 고개를 갸웃거리게 되었다.

“이게 뭐지?『마녀의 여행』이라고 쓰여 있는데.”

이상하네…… 나, 일기에 이런 제목을 붙였던가?

“아.”

감옥 안에서 왜인지 눈을 동그랗게 뜨는 일레이나 씨.

나는 일기를 펼쳤다.

거기에 적혀 있던 것은 신기하게도 나 이외의 누군가가 지금까지 거쳐온 여로의 기록이었다.

누구 일기려나? 혹시, 누군가와 부딪혔을 때 바뀐 거려나? 잘 모르겠는걸.

“저기……?”

나는 소리 내 읽었다.

“스쳐 지나간 모두가 돌아볼 정도의 미소녀는 대체 누구일까요? 그렇습니다. 저입니다————.”

“으! 아!”

감옥 안에서 고함이.

나는 계속했다.

“재의 마녀 일레이나. 그것이 저의 이름입————.”

“와아! 꺄아!”

소리 내 읽는 저를 일레이나 씨는 한결같이 방해했다. 뭔가 켕기는 일이라도 있는 거려나? 나는 고개를 갸웃거리며 가장 최근 페이지로 시선을 돌렸다.

“어라라?”

역시나 신기하게도, 거기에는 기묘한 글이 적혀 있었다.

“뭔가, 마법사의 입국을 금지하는 걸 알면서도 이 나라에 밀입국한 게 평범하게 쓰여 있는데요————.”

“아! 아아! 으와아!”

일기는 거짓말을 하지 않는다.

내가 읽은 것은 일레이나 씨 자신이 쓴 최근에 일어난 일이었나 보다. 부딪혔을 때 실수로 내 손에 들어온 모양이다.

“네 놈! 이래도 아직 자신이 마법사가 아니라고 주장할 셈이냐? 더는 도망치지 못할 거다!”

“우으으.”

결국 감옥에 있던 그녀는 그 후 병사님의 심문에 백기를 들었다.

자신이 재의 마녀 일레이나라고 자백하고, 평범하게 벌금을 내게 되었나 보다.

　나쁜 짓을 한 사람은 잡힌다. 아주 당연한 결말이군!

　"후우…… 이번에도 좋은 일을 했는걸————."

　그리고 나는 다시 여행으로 돌아갔다————.

　"아니 아니 아니 아니."

　하아, 하고 큰 한숨과 함께 이야기를 중단시킨 것은 사야 씨였습니다.

　"암네시아 씨, 아무리 그래도 이야기에 리얼리티라는 게 결여되어 있지 않은가요?"

　"응? 그런가?"

　"그렇습니다."

　저는 사야 씨의 지적에 조용히 고개를 끄덕였습니다.

　"이래서는 제가 그냥 범죄자일 뿐이잖아요. 아마 망상일 거라고는 생각하지만 말이죠."

　"아니야, 일레이나 씨. 이건 망상이 아니라고."

　"그럼 뭔가요?"

　"최근에 꾼 꿈."

　"방금 사야 씨랑 완전히 똑같잖아요!"

　아니 아마도 꿈일 거라는 느낌은 들었습니다만. 도입 방식부터 어차피 비슷한 느낌일 거라고는 생각했습니다만.

　진절머리를 내는 제게 사야 씨는 "똑같은 취급 하지 말아주세요!"라며 목소리를 높였습니다.

“암네시아 씨가 꾼 꿈은 제가 꾼 꿈이랑 전혀 다른 데다가, 애초에 일레이나 씨가 전혀 일레이나 씨답지 않았다고요. 이상한 부분투성이예요.”

“그런가?”

그렇고말고요.

사야 씨의 꿈에서도 다소 신경 쓰이는 점은 있었습니다만, 암네시아 씨의 꿈에 나온 저는 특히 이상한 점이 현저하게 두드러졌습니다.

대전제로 청렴결백을 그림으로 그린 듯한 제가 과연 비합법적인 짓을 태연하게 저지를까요? 아뇨 아뇨 설마요.

제대로 말해주세요. 사야 씨.

“일레이나 씨라면 나랑 둘이 여행을 하고 있지 않으면 이상하거든요?”

“거기가 아닙니다.”

이상한 부분은 거기가 아닙니다.

무슨 말을 하는 겁니까.

“마법사의 나라에서 일단 헤어진 나와 일레이나 씨── 그러나 함께 지냈던 시간을 잊을 수 없었던 거예요! 다른 나라에서 다시 얼굴을 마주했을 때, 우리는 자연스레 둘이 지내게 되었던 거죠!”

정말로 무슨 말을 하는 겁니까?

“이상의 조건을 바탕으로 해서 다시 한번 말하겠는데, 암네시아 씨가 꾼 꿈 좀 이상해요.”

아마도 그건 당신 쪽이 이상한 걸 겁니다.

어이없어하는 저.

암네시아 씨도 대체로 저와 비슷한 표정을 짓고 있었습니다.

"사야 씨가 꾼 꿈 쪽이 더 이상하다고 생각하는데……."

힐끗 시선을 돌리는 암네시아 씨.

"일레이나 씨는 휴일이나 한가한 시간은 혼자 느긋하게 보내는 쪽을 좋아한다고, 지난번에 말하지 않았던가?"

"그렇죠."

저는 힘주어 고개를 끄덕였습니다.

여행할 때도 관광지를 도는 것보다 여행지의 대수로울 것 없는 일상 풍경 속을 혼자서 느긋하게 걸어 다니며 보는 쪽이 취향입니다.

여행지에서 만난 누군가와 함께 여행을 하게 되다니, 조금 저답지 않다고 여겨집니다.

제대로 말해주세요. 암네시아 씨.

"참고로 내 꿈속에서는 이후 일레이나 씨와 다른 나라에서 재회하고, 이러저러해서 함께 행동하게 돼."

"당신도 무슨 말을 하는 겁니까?"

여행을 한다면 혼자서 행동한다는 이야기를 방금 막 했습니다만?

이쯤부터 두 사람의 꿈 이야기는 서서히 이상한 방향으로 흘러가기 시작했습니다.

"참고로 지난번에 꾼 꿈에서는 최종적으로 나와 일레이나 씨 둘이서 숙소로 돌아갔을 때 잠에서 깼어."

"오호오. 우연이로군요. 실은 저도 둘이 함께 돌아갔을 때 잠에서 깼습니다."

"……………"

"…………"

서로 노려보는 암네시아 씨와 사야 씨.

여담입니다만, 저희가 셋이 함께 쓸데없는 이야기를 꽃피우던 것은 방과 후의 일.

꾼 꿈의 이야기가 너무 길었던 폐해일까요? 창밖은 이미 어두워지기 시작하고 있었습니다. 저희가 있는 교실 외에는 불빛도 제대로 밝혀져 있지 않은 교사 안. 시선을 이리저리 돌려 보면 "이제 그만 돌아오렴" 하고 어디선가 속삭이고 있는 듯한 기분조차 들었습니다.

뭐, 오늘은 이쯤에서 해산하기로 할까요.

누군가가 말을 꺼내지 않았어도 저희는 책상 위에 펼쳐놓았던 과자를 비닐봉지에 정리하기 시작했고, 자연스럽게 짐을 정리하고 자리에서 일어났습니다.

"오늘은 나랑 일레이나 씨, 둘이서 돌아가자. 그게, 꿈에서 봤으니까."

제 손을 잡는 암네시아 씨.

"아뇨 아뇨. 내가 어제 꿈을 꿨으니까, 오늘은 일레이나 씨와 함께 돌아갈 거예요."

다른 한쪽 손을 잡는 사야 씨.

"아니 아니 아니."

“아뇨 아뇨 아뇨.”
“………….”
“………….”
두 사람은 저를 사이에 두고 서로를 노려보았습니다.
뜬금없이 꿈 이야기를 시작한다 싶더니 그런 거였습니까.
아무래도 꿨던 꿈의 재현이라도 하고 싶은가 봅니다만.
저는 두 사람 사이에서 한숨을 내쉬며 말했습니다.
“아니, 그냥 셋이서 돌아가면 되잖아요…….”
이리하여 오늘도, 저희는 대수로울 것 없는 대화를 나누면서,
함께 귀갓길에 올랐습니다.

마녀의 여행
학원 이야기
SCHOOL STORY
OF WANDERING WITCHES

큰일이야.

지각이다, 지각.

같은 말을 하면서 통학로를 걷는 소녀가 한 명 있었습니다.

머리카락은 잿빛, 눈동자는 유리색. 얼굴은 어디를 어떻게 보아도 미소녀인 그녀는 여고생. 입에 빵을 물고 우물거리는 모습에서 짐작할 수 있듯이, 빵을 무척 좋아하며 또한 꽤 늦잠을 자버린 탓에 지각 직전입니다.

"그것참, 위험하네요."

그러나 지각 직전임에도 딱히 신경 쓰지 않고 느긋하게 걷고 있는 그녀는 대체 누구일까요?

그렇습니다. 저입니다.

여기서 학교까지의 거리는 그럭저럭. 걸어서 가면 아슬아슬하게 지각을 면할까 말까 하는 갈림길이라 할 수 있는 곳. 솔직히 말씀드려서 뛰는 편이 좋은 것은 명백하다고 할 수 있었습니다.

그러나, 저는 눈곱만큼도 초조해하지 않고 빵을 우물거리면서 걸었습니다.

역시 빵 애호가를 자칭한다면 어떠한 상황에서도 빵을 우선해야만 할 테지요.

"…………."

저는 여전히 우물우물 빵을 먹으면서, 느긋하게 길을 걸었습니다.

평소보다 조금 느지막한 아침이었습니다.

○

여러분, 안녕하세요. 사야입니다.

갑작스럽지만 여러분은 동서고금의 러브 코미디에 있어 오래 전부터 사용되고 있는 양식미————모퉁이에서 부딪히는 그거를 아십니까?

네? 모르신다고요?

어쩔 수 없군요. 그럼 내가 방식을 간단히 설명해드리죠.

————모퉁이에서 부딪히는 그거.

1, 우선 지각 직전의 학생 두 사람을 준비해주십시오.

2, 지각 직전이기 때문에 당연히 두 사람 모두 서둘러 학교로 갑니다.

3, 모퉁이에서 부딪힙니다.

4, 폴 인 러브.

네.

대략 이런 느낌입니다. 동서고금의 러브 코미디에 있어서 이러한 전개는 몇 번이고 쓰여서 이미 손때가 반질반질. 아무튼 친숙한 전개라고 할 수 있습니다.

그리고 때때로 이러한 식으로 만난 두 사람은 사랑에 빠지는 법입니다.

……사랑에 빠지다!

중요하기 때문에 다시 한번 말했습니다.

내가 최근 들어 읽은 참고 문헌(연애 만화)에서는 대략 최종적으로는 맺어졌습니다. 얼마 전에 꾼 꿈속에서도 이래저래 좋은 느낌이 되었습니다(아마도). 다시 말해 모퉁이에서 부딪히면 다음은 무슨 일이 생기든 맺어지게 된다는 뜻입니다.

거듭해 말하자면 여기서 나와 일레이나 씨가 부딪히면 아마도 맺어진다는 뜻입니다.

이매진. 상상해보십시오.

"큰일이야! 지각이다, 지각!"

뛰어가는 나.

모퉁이에 들어섭니다.

직후, 사각에서 나타난 잿빛 머리카락의 미소녀와 마주치는 나. 깨달았을 때는 이미 늦었습니다. 나는 멈추지 못하고, "아, 죽었을지도"라고 추측하며 그녀와 있는 힘껏 충돌.

"꺄악!"

그녀와 뒤엉키듯이 우리는 쓰러집니다.

"아파라……."

고개를 드는 그녀. 코앞에서 나와 눈이 마주칩니다.

"이, 일레이나 씨……."

두근, 하고 가슴이 뛰는 나. 일레이나 씨와 가까운 사이라고는 하나, 숨결이 닿을 정도의 거리에서 서로를 바라본 적은 없었습니다.

어라? 일레이나 씨가 이렇게나 예뻤던가요…….

그 순간 의식하는 나.

"……사, 사야 씨."

분명 일레이나 씨도 나와 같을 테지요. 그녀의 뺨이 희미하게 붉어져가는 것을 나는 가까이에서 바라보며 느꼈습니다. 폴 인 러브.

나는 모퉁이를 조금 앞에 두고서 크라우칭 스타트 자세를 취하고 대기하며 승리를 확신했습니다.

이미지 트레이닝은 완벽합니다. 이미 내 머릿속에서는 일레이나 씨의 부모님께 인사드리는 부분까지 이야기가 진행되었습니다.

"으라차!"

그리고 나는 달려 나갔습니다.

내 계산이 맞는다면 일레이나 씨는 지금부터 약 10초 후에는 모퉁이에 다다를 때이고, 대체로 나와 충돌할 것은 명백하며, 그 후 어찌 될지는 생각해볼 것까지도 없을 테지요.

와아 하고 양손을 들면서 나는 모퉁이를 향해 돌진.

그리고 길이 트였을 때, 예상대로 시야 끄트머리에서 이쪽을 향해 다가오는 사람 그림자 하나를, 나는 포착했던 것입니다——.

○

"아빌리아, 서둘러!"

숨을 몰아쉬며 언니는 내 조금 앞쪽에서 달리고 있었습니다.

체력이 저질인 나는 언니의 뒤를 쫓으면서 "기, 기다려주세요오……" 하고 힘없이 손을 뻗었습니다.

수업 시작 전. 지각 직전. 우리는 전날 늦게 잠든 것을 함께 후회하면서 평소와 같은 통학로를 달려갔습니다.

"얼른, 얼른. 서두르지 않으면 늦을 거야!"

이쪽으로 손을 흔드는 언니.

너무 눈이 부셔서 눈을 가늘게 뜨고 말았습니다.

그나저나 다른 이야기입니다만.

"언니, 그렇게, 서두르지 않아도…… 괜찮잖아요……?"

숨을 몰아쉬며 나는 말했습니다.

"이, 이쯤 왔으면 이제 걸어가도 괜찮을 거랍니다……!"

무릎에 손을 짚고, 상체를 숙이며 길 저쪽을 노려보는 저.

학교가 보일 정도의 거리까지 다다른 상태였습니다. 이제 걸어도 문제없지 않을까요?

그러나 성실한 언니는 나보다 조금 앞쪽에서 뺨을 부풀려 보였습니다.

"안 돼. 아빌리아. 무슨 일이 일어날지 모르는걸. 서둘러서 손해볼 건 없잖아."

"하, 하지만…… 배고파서 힘이 안 나온답니다……."

꼬르륵하고 비명을 지르는 나의 배.

아침밥을 거르고 온 데다 지금까지 쭉 달려온 탓인지 내 배도 마침내『하아, 당장 밥을 먹고 싶습니다』하고 클레임을 걸어오고 있었습니다.

"힘들어 보이네요."

혹은 우리의 대화를 바로 옆에서 지켜보며 일레이나 씨가 빵을 우물우물하고 있는 탓인지도 모릅니다.

"맛있어 보여……."

비틀비틀 일레이나 씨 쪽으로 이끌려 가는 나. 빵 냄새가 무시무시한 흡인력을 자랑했습니다.

"현혹돼서는 안 돼! 아빌리아. 빵이라면 사줄 테니까!"

그렇게 멀리서 언니가 말한 것 같았습니다만.

"뭔가요? 제 빵을 원하는 건가요? 여기요, 여기."

그렇게 일레이나 씨가 유혹하고 드는 탓에 언니의 목소리가 거리보다도 훨씬 멀게 느껴졌습니다.

"빠, 빵……."

"그래요. 갓 구운 빵이에요."

내 앞에서 빵을 흔드는 일레이나 씨. 그 모습은 마치 동네 고양이에게 밥 주기.

그러나 내가 아침밥을 먹는 일은 결국 없었습니다.

"정말이지, 일레이나 씨! 내 여동생을 유혹하지 마."

쭉, 나를 잡아당기는 언니. 그 모습은 그야말로 길 잃은 새끼 고양이를 잡는 어미 고양이.

유혹하는 일레이나 씨를 향해 뺨을 뽀로통하게 부풀리면서도 언니는 "일레이나 씨도 서두르지 않으면 지각할 거야"라고 타일

렀습니다.

그리고 거기에 더해.

"괜찮으면 같이 갈래?"

그렇게 제안까지 했습니다. 성모. 후광이 비쳐 보였습니다. 어지간한 악인이 아닌 한은 거절할 수 없을 테지요.

"아뇨, 저는 됐습니다."

이 악인!

어째서 같이 가지 않는 겁니까? 하고 내가 노려보자 일레이나 씨는 "저는 땀을 흘리면 녹아서 죽는 체질이거든요"라는 의미불명의 말을 했습니다.

"의미를 모르겠답니다."

매년 여름에 죽는 겁니까?

그리고 성모이자 마이 시스터인 언니는 그런 일레이나 씨의 의미불명인 언동을 화려하게 무시하면서.

"하지만 일레이나 씨도 되도록 서둘러야 할 거야. 무슨 일이 일어날지 모르니까"라고 아무렇지 않게 걱정했습니다.

"선처하겠습니다."

손을 흔드는 일레이나 씨.

그러고서 언니는 내 쪽으로 돌아보고 웃으면서 달리기 시작했습니다.

"어, 언니이이이이이이이이이이이이이이이이이!"

그것은 언니가 모퉁이에 접어든 순간의 일이었습니다. 사각에서 갑자기 나타난 사야 씨가 언니와 있는 힘껏 부딪혔고, 언니와

©necömi

함께 날아갔던 것이었습니다.

대체 얼마나 서둘렀던 것인지는 잘 모르겠지만, 그 기세는 엄청나서 두 사람은 뒤엉켜 데굴데굴 길 위를 굴렀을 정도였습니다.

"와아……."

빵을 우물거리면서 질려하는 일레이나 씨를 무시한 채 사야 씨는 몸을 일으켰습니다.

"아, 암네시아 씨……!"

그 얼굴은 경악으로 물들어 있었습니다.

"혹시…… 내 운명의 상대는…… 암네시아 씨……?"

이 사람은 무슨 말을 하는 겁니까.

어디 잘못 부딪히기라도 한 겁니까?

"으아아아……."

한편 언니는 눈이 빙글빙글 돌고 있었습니다.

혼돈 그 자체인 우리의 등굣길. 일레이나 씨는 사야 씨와 언니를 바라보면서 내 옆에서 한숨을 내쉬고 말했습니다.

"확실히 무슨 일이 일어날지 모르는 거네요."

나는 고개를 끄덕였습니다.

"그 말대로랍니다……."

"빵 먹을래요?"

"고맙습니다."

그러고서 우리는 함께 당연하게도 지각했습니다.

마녀의 여행
SCHOOL STORY
OF WANDERING WITCHES
학원 이야기

제7장

여러분은 저와 같은 경험을 해본 적이 있으실까요?

예를 들어 학교에서 집으로 돌아가는 도중의 일.

"그러고 보니 어제, 냉동고에 넣어둔 아이스크림을 여동생한테 뺏겼어요."

제 학교 친구인 사야 씨는 입을 삐죽거리며 "정말이지. 곤란한 여동생이라니까요" 하고 불만을 쏟아냈습니다.

가족 사이에서 벌어진 일상적인 이야기.

어디에나 흔하게 있는 잡담 중 하나.

"목욕하고 나와 먹는 장면을 내가 분명히 봤는데, 추궁했더니 미나는 『뭐? 나는 모르는데』라면서 얼버무리지 뭐예요. 정말이지, 남의 걸 멋대로 먹고 시치미를 떼다니 너무하지 않나요?"

그리고 화제는 이어서 여동생인 미나 씨가 집에서 어떠한지에 관한 것으로 변해갔고, 목욕을 마친 미나 씨가 얼마나 무방비하고 칠칠치 못한 모습을 보이는지로 옮겨갔습니다. 한숨과 함께 한 이야기들은 대략 학교에서는 볼 수 없는 미나 씨의 실제 얼굴을 상상케 했습니다.

"그런가요."

그런 이야기를 들으면서도, 그러나 이때 저는 전혀 다른 생각을 하고 있었습니다.

조금 전 사야 씨의 말을 돌이켜보죠.

『그러고 보니 어제, 냉동고에 넣어둔 아이스크림을 여동생한테 뺏겼어요.』

여러분은 예를 들어 전혀 관계없는 화제 속에서 갑자기 "아, 그러고 보니 편의점에서 산 푸딩을 냉장고에 넣어두고 잊지 않았던가?" 같은 생각을 떠올리는 경험이 있으실까요?

이때의 제가 바로 그러한 상태였습니다.

'푸딩……!'

문득 갑자기, 아무런 맥락도 없이 기억 밑바닥에서 빛나며 떠오른 하나의 푸딩. 먹고 싶어서 샀는데 그대로 잊어버렸던 푸딩.

떠올린 순간 제 머릿속은 마치 푸딩을 먹었을 때와 같은 행복감에 감싸였습니다.

집에 돌아가면 먹어야겠습니다. 그렇게 하죠. 달콤한 기쁨이 조금씩 제 머릿속을 채워갔고, 자연스레 표정이 풀어졌습니다.

그런고로 저는 사야 씨의 이야기에 고개를 끄덕이면서도 시종 웃음을 짓고 있게 되었습니다.

"──다른 이야기인데, 목욕하고 나와서 덥다는 이유로 얇은 옷차림으로 어슬렁거리는 거 어떻게 생각하세요? 일레이나 씨."

"후후후……."

"어? 어째서 좀 기뻐 보이는 거죠……?"

푸딩으로 상상을 부풀리고 있던 저를 사야 씨는 조금 당황한 표정으로 바라보았습니다. 그건 어찌 됐든, 저는 이날 갑자기 생각난 푸딩의 존재에 의해 귀갓길이 매우 행복했습니다.

여러분은 이런 경험, 있으신가요?

"어서 오렴. 일레이나."

그리고 사야 씨와 헤어져 혼자가 된 뒤에는 몰래 깡충깡충 걸으며 밤길을 갔고, 집 현관을 열고 어머니에게 마중을 받으면서 저는 "다녀왔습니다" 하고 인사하며 평소보다 한층 더 미소를 지어 보였습니다.

하루의 피로가 간단히 날아갈 만큼 기분이 좋았던 것입니다.

"오늘은 상당히 기분이 좋아 보이네?"

"후후후" 하고 웃음으로 답하면서 저는 냉장고로 직행했습니다.

그저 잊고 있던 푸딩 하나를 떠올린 것만으로 이토록 행복해질 수 있는데 어째서 세상에서는 전쟁이 사라지지 않은 것일까요?

쓸데없이 장대한 생각을 하면서 저는 냉장고에 손을 대고, 그리고 고대하던 푸딩과의 재회를 이루어————.

"어라?"

우뚝.

연 채로 저는 그대로 굳어졌습니다.

얼굴에 닿는 차가운 공기. 시선 끝에 있는 것은 틀림없는 저희 집 냉장고. 우유, 요구르트와 달걀을 비롯해 식재료들과 만들어둔 반찬에 이르기까지 많은 것들이 들어 있는 일반적인 냉장고 안.

그러하지만, 결정적인 것이 하나 없었던 것입니다.

————푸딩.

"엄마, 냉장고에, 있던 푸딩은, 대체 어디로, 갔나요?"

덜덜 떨면서 저는 돌아보았습니다.

제 어머니는 "응?" 하고 고개를 살짝 갸웃거렸습니다.

그러고서 별일 아니라는 듯이 선뜻 말했습니다.

"이제 없는데?"

그래서 세상에서 전쟁이 사라지지 않는 거로군요. 잘 알았습니다. 저는 연 채였던 냉장고를 조용히 닫으며 오늘 중 가장 큰 한숨을 내쉬었습니다.

냉장고에서 잠들어 있을 푸딩을 기대하며 돌아왔는데, 이미 먹혀버렸다.

여러분에게는, 이런 경험, 있으신가요————?

○

오늘 푸딩 먹는 걸 진심으로 기대하고 있었는데. 어째서 먹어버린 건지. 한 마디 정도 양해를 구해주었다면 좋지 않았을지?

원래 어머니에게 받은 용돈으로 산 것이라 해도, 제가 고르고 샀다는 점에 관해서는 존중해주었으면 합니다. 방금까지 푸딩의 존재 자체를 잊고 있었다고는 도저히 생각할 수 없을 만큼 뺨을 뽀로통하게 부풀리면서 저는 조용히 항의를 계속했습니다.

그러나 그런 저와 달리 어머니는 미안한 기색도 없이, 심지어 태연한 표정을 지으며 말했습니다.

"응? 네가 먹었잖니?"

네?

"지금 그런 농담은 어떨까 싶습니다."

흥, 하고 고개를 돌리는 저. 알기 쉽게 삐쳤습니다. 적어도 한

마디 정도는 사과를 해야 하는 거 아닐까요.

"아니 그게 아니라."

노골적으로 기분이 상하기 시작한 저에게, 그러나 어머니는 한 층 의아하다는 표정을 지으며 말했습니다.

"네가 방금 네 방으로 가져갔잖아. 저녁밥 먹기 전이니까 나중에 먹으라고 해도 듣지 않고."

"네?"

방금, 이라는 건 언제인가요?

"저, 지금 막 돌아온 참인데요."

"하지만 방금 분명히 네가 가져갔는데……?"

으음? 하고 신음하는 어머니.

그 모습에서는 농담을 하는 분위기는 찾아볼 수 없었습니다.

서로의 인식에 무언가 차이가 있는 걸까요? 이어서 자세한 사정을 물어보니, 어머니가 말씀하시길 이러한 일이 있었다고 합니다.

그것은 지금으로부터 10분 정도 전.

어머니가 주방에서 요리를 하던 중의 일이었습니다.

"안녕하세요."

탕탕탕하고 식칼과 도마가 소리를 내고 있는 사이에 냉장고 쪽에서 목소리가 들렸습니다. 그것은 정말이지 아름답고 청초하고 예뻐서 듣자마자 누구나가 두근거릴 멋진 목소리였다고 합니다. 요컨대 제 목소리였다는 거로군요.

완벽한 미소녀는 목소리까지 아름다운 법입니다.

"어머, 어서 오렴. 금방 밥 다 되니까, 조금만 기다리렴."

어머니도 당연히 제가 돌아왔다고 인식했습니다. 마침 칼을 들고 있기도 해서, 고개를 돌리지 않고 미소를 띠는 나의 어머니.

직후에 냉장고가 열렸습니다.

"어머나! 이런. 푸딩이 먹어주기를 바라는 듯이 이쪽을 바라보고 있습니다."

"저녁 식사 전이니까 적당히 해두렴."

"자, 푸딩 씨. 이쪽으로."

말리는 어머니의 말을 듣지도 않고, 저와 비슷한 목소리의 누군가는 그대로 냉장고에서 푸딩을 꺼냈습니다. 상당히 기대하고 있었던 것일 테지요. 그녀는 기분 좋은 모습으로 콧노래를 부르면서 스푼을 손에 들고, 이어 등을 돌리고, 걸음을 내디뎠습니다.

향해 가는 곳은 복도.

"······?"

본인 방에서 먹으려는 건가? 그렇게 생각하면서 어머니는 힐끗 시선을 보냈습니다.

시선 끝으로 볼 수 있었던 것은, 복숭앗빛 머리카락.

뭔가 평소랑 모습이 다른 것 같은데······? 하고 미심쩍어하기는 했으나, 결국 어머니는 깊게 생각하지 않고 다시 요리를 시작했습니다.

제가 귀가한 것은 그로부터 얼마 후.

"──────그런 이유로 당연히 네가 먹었다고 생각했는데."

"그런 말도 안 되는."

몹시도 당황하며 답하는 저.

이런 이런 어처구니가 없군요. 진지한 얼굴로 무슨 말씀을 하나 했더니, 그냥 시시한 농담인가요.

"거짓말도 좀 그럴듯하게 하셔야죠."

"거짓말 아닌데."

"어린아이처럼 삐쳐도 소용없습니다."

"정말로 너 같은 애가 방금 있었다니까."

있었다고 단언하신들.

"만약에 어머니의 이야기가 사실이라고 하면, 저와 아주 비슷하게 생긴 모르는 사람이 집에 불법 침입해 푸딩을 훔쳐서 지금도 제 방에 잠복해 있다는 게 되는데요?"

"뭐, 그렇지."

"그런 일이 정말로 있을 거라고 생각하시나요?"

"나도 좀처럼 믿어지지 않아. 하지만 있었던 일이니까 어쩔 수 없지."

어째선지 에헴 하고 가슴을 펴는 나의 어머니.

정색하고 나설 셈이신가요?

본인이 먹었다는 걸 감추기 위해 가공의 이야기를 꾸며냈을 터인데————자신의 죄를 인정할 마음은 없나 봅니다.

이때 저는 반쯤 흘려들었던 사야 씨의 불만을 떠올렸습니다.

아시겠습니까? 사야 씨. 냉장고에 넣어두었던 것을 가족이 멋대로 먹었을 때의 대처법을 제가 여기서 가르쳐드리기로 하죠.

시치미를 떼는 상대에게는 이렇게 하면 됩니다.

"알았습니다. 어디까지고 지금의 이야기를 사실이라고 우길 셈이라면 저한테도 생각이 있습니다.”

울컥하며 허리에 척 손을 올리고 ‘화났습니다’ 하고 어필을 하면서 저는 말했습니다.

“지금부터 제 방에 가서, 저랑 아주 비슷한 이상한 사람이 있는지 어떤지를 확인하고 오죠.”

거기 있다는 거잖아요? 저랑 아주 비슷한 누군가가.

사실이라면 그것은 참으로 큰일입니다.

실제로 보면 될 일 아닙니까.

즉, 물적 증거를 들이댐으로써 상대의 거짓말을 밝히는 것입니다.

“엄마, 하지만 만약 제 방에 갔는데 아무도 없을 경우── 즉, 방금 한 이야기가 거짓말이었을 경우, 그때는 어떻게 될지, 아시겠죠?”

“어떻게 되는데?”

허언으로 죄를 은폐하려 했으니 상응하는 대가를 치러야만 합니다.

“대신 푸딩을 사주세요.”

“네네.”

“그리고 용돈 증액도 요구합니다.”

“은근슬쩍 관계없는 요구도 추가했잖아.”

뭐, 상관없지만. 하고 어머니는 여유로운 표정을 지었습니다.

“참고로, 있으면 어떻게 할래?”

있을 리도 없는 가능성의 이야기를 논해본들 어쩔 수 없는 일입니다만, 일단 답해드리기로 하죠.

"그때는 사과하겠습니다."

"사과만으로는 부족한데."

"그럼 어떻게 할까요?"

"조금 비싼 케이크라도 사 오기로 할까."

"흐음."

"그리고 어깨도 주물러주기로 할까."

"흐음흐음."

이것저것 요구가 많습니다만—— 저는 크게 고개를 끄덕였습니다.

"뭐, 좋습니다."

어차피 저랑 비슷하게 생긴 이상한 사람 같은 건 있을 리 없으니까요.

"원하신다면 제 목에『저는 어머니에게 터무니없는 혐의를 씌웠습니다』라고 쓴 피켓이라도 걸고 사진을 찍어 퍼뜨려도 됩니다."

저는 코를 울리며 당당하게 말했습니다.

거실에 사람이 들어온 것은 바로 그때였습니다.

"잘 먹었습니다."

느긋한 목소리를 내면서 그녀는 빈 푸딩 용기를 한 손에 들고 나타났습니다.

"어?"

얼빠진 목소리를 내는 저.

"아."

하고 입을 반쯤 벌리는 그녀.

몸에 걸친 옷은 검은색 로브.

머리카락은 복숭앗빛, 살짝 곱슬거리는 롱헤어. 저를 바라보고 있는 눈동자는 유리색. 생김새는 어디를 어떻게 보아도 미소녀이고, 당장에라도『그렇습니다. 저입니다』라고 묻지도 않았는데 자신의 용모를 쓸데없이 칭찬하는 데다가 뽐내는 표정을 지을 것만 같은 분위기가 느껴졌습니다.

"…………."

"…………."

즉 저와 말없이 서로 바라보고 있는 그녀의 외모는 어디 사는 자칭 미소녀 그 자체였고.

간단명료하게 말하자면 마치 저와 같은 소녀였으며.

더욱 단적으로 표현하자면, 그야말로 어머니가 말했던 특징 그대로의 소녀가, 거기에는 있었던 것입니다.

그래서 저는 어머니 쪽을 다시 돌아본 후.

항의했습니다.

"어째서 있는 건가요?"

"그러니까 사실이라고 말했잖아."

○

어머니의 이야기가 사실이었다는 것은, 즉 저희 집은 어느 틈엔가 불법 침입을 당했다는 것이나 마찬가지였습니다.

“엄마, 이건 정말로 큰일이에요.”

저는 한바탕 일을 마친 듯한 얼굴로 크게 숨을 쉬면서 이야기했습니다. 내려다본 곳에는 소녀가 한 명. 두 팔다리는 밧줄로 묶여 있고, 입에는 테이프. 때때로 “우으으” 하고 무어라 신음했습니다.

일단 범죄자인 그녀가 도망치지 못하도록 신속하게 포박했을 따름입니다.

“설마 정말로 불법 침입을 당했을 줄이야……. 심지어 제 얼굴과 목소리를 흉내 내는 철저함…… 아마도 상습범이겠군요.”

이전, 텔레비전에서 본 적이 있습니다.

어느 민가에 사는 한 남성이 이상한 현상으로 고민하고 있었습니다. 놓아두었을 터인 물건이 사라지고, 냉장고 내용물이 멋대로 줄어든다—— 괴기 현상을 의심한 그는 집 안에 감시 카메라를 설치했습니다.

그리고 그 후, 찍힌 영상을 그는 확인했습니다.

원인은 괴기 현상이 아니었습니다.

——거기에는 지붕 아래에서 몰래 내려와 물건을 훔치는 불법 체재자의 모습이 남겨져 있었던 것입니다.

아마도 눈앞의 그녀도 비슷한 부류일 테지요. 저희의 눈이 닿지 않는 범위 내에서 몰래 생활하고 있었을 것이 틀림없습니다.

“우으으, 우으으.”

무언가를 호소하고 있지만, 그건 제쳐두고.

“아무래도 여죄가 잔뜩 나올 듯한 분위기가 느껴지네요.”

지붕 아래를 두드리면 먼지가 피어오르듯이. 그녀에게는 여러 가지로 뒤가 있을 것 같은 예감이 강하게 들었습니다.

"경찰에 넘겨버릴까요? 엄마."

"응."

고개를 끄덕이는 나의 어머니.

"그나저나 일레이나."

"네."

"케이크는?"

"…………."

저는 시선을 피했습니다.

"역시 갑자기 경찰에 넘기는 건 불쌍하네요. 어쩌면 그녀에게도 사정이 있을지도 모릅니다. 일단 저희도 온건한 느낌으로 나가볼까요?"

과거의 실수를 추궁하는 것은 일단 그만두기로 하죠? 네?

"저기, 저기. 케이크는?"

"아, 지금은 그럴 때가 아니니까 그만하세요."

"그리고 사진 촬영도 아직이야?"

"쉿! 엄마. 지금은 중요한 상황이니까 그런 건 그만두세요."

"사과도 아직 받지 못했는데."

짓궂은 표정으로 압박하는 나의 어머니.

"잘못했으면 성의를 보여야지. 그렇지?"

"잘못했다고요? 글쎄요, 무슨 말씀이신지."

모르는 체하며 추궁에서 도망치는 저.

그런 도중에도 저희 아래에 묶여 있는 그녀가 "우으으" 하고 신음했습니다. 어머나 이런. 참으로 괴로워 보이는군요.

지금이 말싸움을 하고 있을 때인가요? 아니죠?

"일단 제 외모를 흉내 내고 있는 그녀의 입에 붙인 테이프를 떼어주죠. 대체 누구인가요? 한창때의 소녀 입에 이런 걸 붙여둔 게."

그렇습니다. 저입니다.

지지지직 하고 곧바로 테이프를 떼어내 드렸습니다.

"당신 이름은?"

무어라 부르면 좋을까요?

어머니와의 대화를 중단하며 묻는 저.

그녀는 이어서 천천히 입을 열고, 한마디.

"제 이름은————."

그리고 들려온 것은, 사람 이름이라고 하기에는 조금 기발한 이름.

물건의 이름이었습니다.

어디에나 있을 법한, 무엇 하나 특별할 것 없는, 물건 이름이었습니다.

"……네? 무슨 말인가요?"

그런 특이한 이름을 가진 분입니까?

그러자 그녀는 "아뇨" 하고 고개를 저으면서.

"물건과 같은 이름이라고 할까, 저는 물건입니다. 일레이나 님."

그런 말을 늘어놓는 것이었습니다.

물건 그 자체? 일레이나 님?

“더 구체적으로 말하자면 일레이나 님의 소유물입니다.”

“????????”

무슨 말인가요?

대화를 나누면 조금은 뭔가 알 수 있으려나 했는데, 제 머리 위로 대량의 ‘?’가 떠오르는 결말이 되어버렸습니다. 이제 뭐가 뭔지 전혀 모르겠습니다.

당황한 저는 이어 어머니 쪽으로 시선을 돌렸습니다.

도와주세요 어머니.

“일레이나.”

저를 마주 바라보는 어머니의 표정은 이미 진지 그 자체. 이심전심. 아마도 짓궂은 장난을 하고 있을 때가 아니라고 깨달은 것일 테지요.

“나도 하나 묻고 싶은 게 있는데, 괜찮겠니?”

“네.”

고개를 끄덕이는 저.

그리고 그녀는 제 어깨에 손을 올린 후.

말했습니다.

“사진 촬영, 언제 할래?”

“아니 진짜 엄청 끈질기시네요.”

○

“음? 왜 그러지? 프랑.”

스마트폰으로 연락이 온 것은 동료인 실라와 레스토랑에서 저녁 식사를 하고 있던 때의 일이었습니다.

업무 연락일까요?

고개를 갸웃거리는 실라를 무시한 채 저는 스마트폰을 확인했습니다.

"…………"

직후에 저는 입을 다물었습니다.

"왜 그래?"

다시 묻는 실라.

답하기보다 보여주는 편이 빠르겠네요.

"뭔가, 일레이나한테서 뭔지 잘 모를 사진이 왔는데요."

들어 보이는 서.

화면에 비친 것은 그야말로 내키지 않는다는 표정을 지으면서 『저는 어머니에게 터무니없는 혐의를 씌웠습니다』라고 쓴 피켓을 목에 건 일레이나와 그 옆에서 "예에" 하고 브이를 하고 있는 빅토리카 씨의 사진이었습니다.

"이 녀석 뭐 하는 거야?"

"글쎄요……?"

의도를 잘 알 수 없었던지라 저는 일단 『즐거워 보이니 다행이네요』라고 답장을 보내두었습니다.

확인과 답장은 곧바로 이어졌습니다.

『즐겁지 않은데요?????』

그렇다고 합니다.

“이 녀석은 왜 화를 내는 거야?”

어이없어하는 실라.

“글쎄요……?”

뭐가 뭔지 잘 모르겠지만 힘들어 보이네요…….

○

부끄러운 사진을 보낸 후에 저는 스마트폰을 집어넣었습니다.

아니, 그렇다기보다 지금은 그런 걸 하고 있을 때가 아닙니다.

“죄송하지만 다시 한번 이름을 말해주시겠습니까?”

눈앞에서 묶여 있는 그녀에게 저는 물었습니다.

저와 아주 비슷한 생김새의 그녀는 두터운 신뢰가 담긴 눈빛으로 “네” 하고 고개를 끄덕인 후 답했습니다.

“빗자루입니다.”

라고.

………….

몇 번을 들어도 무시무시한 위화감이 듭니다만.

“그러니까 당신은, 물건인 빗자루, 라는 겁니까?”

“바로 그렇습니다.”

“좀처럼 믿기 어렵습니다만…….”

“참고로 그냥 빗자루가 아니라 일레이나 님의 소유물인 빗자루입니다.”

“정말로 좀처럼 믿기 어렵습니다만……!”

대체 뭐가 어떻게 된 겁니까?

"일레이나 님, 어릴 때 집에 있던 빗자루를 써서 하늘을 나는 마녀 흉내를 냈던 적 없으신가요?"

그녀가 던진 그 말에 저의 뇌리에 한 영상이 떠올랐습니다.

그것은 근처 둑길에서 빗자루에 걸터앉아 점프하는 장난꾸러기 소녀의 모습. 과연 그것은 누구일까요?

그렇습니다. 저입니다.

"엄마! 나 있지, 어른이 되면 마녀가 될 거야."

하늘 같은 건 날지도 못하면서 저는 몇 번이고 시도했습니다.

"후훗, 될 수 있으면 좋겠네."

그렇게 말하며 웃는 어머니의 옆에서 몇 번이고 시도했습니다.

현실 세계에서 마법사 같은 세 될 수 있을 리 없건만, 어째서인지 저는 장래에 진심으로 마녀가 될 수 있다고 믿었습니다.

그래서 낮에는 빗자루를 들고 나가 모처럼 하늘을 나는 거라며 빗자루에 멋진 천을 감아보거나, 밤이 되면 빗자루를 곁에 두고 잔다.

어린 시절에는 분명히 뭐, 그런 짓을 했던 적도 있습니다만…….

"설마…… 그때 제가 소중히 여겼던 빗자루가 사람이 된 모습, 이라는 말이라도 할 셈인가요……?"

저는 흐음 하고 혼자 생각에 잠겼습니다.

아니 아니, 그럴 리가 없지 않은가요?

반신반의하는 저에게 자칭 빗자루 씨는 에헴 하며 가슴을 펴 보였습니다.

“아뇨, 바로 그 설마입니다. 일레이나 님. 저는 일레이나 님이 소중히 여겼던 바로 그 빗자루입니다.”

“예에.”

수상해…….

“믿지 않으시는군요.”

“뭔가 그 증거 같은 거라도 내놓을 수 있나요?”

“외람되지만, 일레이나 님.”

의기양양한 표정을 지은 채로 자칭 빗자루 씨는 말했습니다.

“일레이나 님이 어린 시절에 마녀 흉내를 냈던 걸 알고 있다——제가 빗자루라는 증거는 그걸로도 충분하지 않은가요?”

네, 증명 완료! 라고 말하는 듯한 빗자루 씨.

“아니 일레이나가 어렸을 때는 마녀가 주인공인 애니메이션이 유행해서 그 세대 아이들은 전부 마녀 흉내를 냈었는데.”

“그렇다고 합니다만. 빗자루 씨.”

“…………”

빗자루 씨는 아무 말 없이 뺨을 부풀려 보였습니다.

토라졌어…….

“참고로 그것 말고 다른 증거가 있나요?”

물어보는 저.

숨을 내뱉어 뺨이 원래대로 돌아간 뒤에 “물론이죠” 하고 고개를 끄덕이고, 그녀는 표정을 살짝 흐렸습니다.

“다만 지금부터 설명하는 건 황당무계해서 믿지 않으실 가능성도 있습니다만…….”

라면서.

"아뇨 아뇨 괜찮습니다."

"······정말인가요?"

"정말이고말고요. 그렇죠? 엄마."

힐끗 시선을 보내는 저.

"그렇지."

고개를 끄덕이는 나의 어머니.

'물건을 자칭하고 있는 시점에서 이미 황당무계하니까요.'

제가 그 순간 그런 생각을 했다는 건 제쳐두고, 이어서 빗자루 씨는 "그럼······" 하고 한숨을 내쉰 후에 이야기했습니다.

"──저는 물건이기 때문에, 물건이 하는 말을 들을 수 있습니다."

"오오."

저와 엄마는 동시에 고개를 끄덕였습니다.

참고로 이때의 저희 심정은 다음과 같았습니다.

'수상하네요······.'

'일레이나 주변엔 어째서 이상한 아이가 많은 걸까.'

"그 반응, 믿지 못하시는 모양이군요."

뺨을 뾰로통하게 부풀리며 저희 둘을 바라보는 빗자루 씨. 이런 이런 사람의 감정까지 읽을 수 있는 겁니까? 대단하군요.

"뭔가 증명 같은 걸 할 수 있나요?"

"당연하지요."

"오호라. 그럼 해봐 주세요."

자 어서요 어서, 하고 저는 테이블 위에 있던 머그잔을 가리켰습니다.

"시험 삼아, 이게 언제 어디서 산 물건인지 맞혀보세요."

"상관은 없지만, 만약 맞히면 어떡하실 건가요? 일레이나 님."

"훗…… 제 전 재산을 드리죠."

어차피 무리일 테지만요!

"이 머그잔은 일레이나 님이 어린 시절 테마파크에 갔을 때 어머님께 조르고 졸라서 어쩔 수 없이 사주신 물건입니다."

"잘못했습니다."

사과했습니다.

"어머나, 맞혔네."

감탄하는 어머니.

"참고로 일레이나 님은 여전히 이 머그잔을 마음에 들어 하시며 설거지할 때도 아주 정성스럽게 하신다며 머그잔 님께서 기뻐하고 계십니다."

"어머나."

잘못했다니까요.

그녀가 빗자루인지 어떤지는 제쳐두고, 일단 그저 단순히 저랑 닮았을 뿐인 여자아이, 인 것은 아닌가 봅니다.

빗자루 씨와 저를 번갈아 보며 저의 어머니도 "흐음……" 하고 까탈스러운 표정을 짓고 있었습니다.

"너는 언제 물건이랑 친구가 된 거니?"

아뇨 아뇨.

"정말이지 전혀 기억에 없습니다."

그런고로 빗자루 씨가 오래전부터 친구였던 것 같은 표정을 지어 보여도 저는 좀 난감할 뿐입니다. 그게, 처음 보니까요.

"그런……!"

딱 잘라 말하자 빗자루 씨는 대단히 충격을 받았습니다.

"우으…… 저와의 아름다운 추억들을 잊어버리신 거군요. 일레이나 님……."

훌쩍훌쩍 눈물을 흘리는 빗자루 씨.

"그러네요. 저는 어차피, 그저 물건……."

"그 말투는 좀 어떨까 싶네요."

"일레이나 님에게 있어 저 같은 건 용건이 끝나면 쉽게 버릴 뿐인 스쳐 지나가는 관계에 지나지 않았던 거군요……!"

"그 말투는 상당히 어떨까 싶네요."

일부러 오해를 부를 법한 표현을 쓰는 거 아닌가요?

"일레이나, 너……."

그 결과 어머니가 정색하셨습니다.

"아니 말이 그렇다는 거니까, 진지하게 받아들이지 말아 주세요."

한숨으로 답하는 저.

적어도 저는 지금까지의 생활에서 저와 머리카락 색을 제외한 외모가 아주 비슷한 로브 차림의 저라는 존재를 본 적이 없습니다.

제 기억이 맞는다면, 초면인 것은 틀림이 없습니다.

"흐음……."

하지만 제 옆에서, 어머니는 뺨에 손을 대면서 미간을 좁히고 있었습니다.

"확실히 초면일 텐데…… 어쩐지 이 아이, 처음 보는 것 같지가
않아……."

처음 보는 것 같지 않다.

그리 말씀하신들.

"저와 아주 닮았으니까 당연하지 않은가요."

"그래, 겉모습은 그렇지. 하지만 다시 생각해보면 왠지 모르게,
일상생활 속에서 이 아이가 존재했던 것 같은 기분이 들어."

"네? 무슨 뜻인가요?"

"얼마 전에 본 텔레비전 방송 기억하니?"

고개를 기울이는 어머니.

기본적으로 저와 어머니는 언제나 나란히 텔레비전을 보기 때
문에, 그녀가 머릿속에 떠올리고 있는 것은 바로 제 뇌리에도 떠
올랐습니다.

"지붕 아래서 몰래 생활하던 불법 체재자 이야기 말인가요?"

"그래. 그거."

수긍한 다음, 어머니는 빗자루 씨를 바라보았습니다.

"저기, 너. 혹시 전부터 우리 집에 자리 잡고 살지 않았니?"

돌이켜 보면 이상한 일이 자주 있었다고 합니다.

예를 들어 제가 등교한 직후의 일. 도시락을 깜빡했다는 것을
깨닫고 어머니가 메시지를 보냈을 때, 제게서『가방에 들어 있었
는데요?』라는 답이 돌아왔다고 합니다.

테이블에 두었을 터인 도시락은 어느샌가 사라져 있었습니다.

예를 들어 거실에서 깜빡 잠들었을 때, 누군가가 이불을 덮어

준 일도 있었다고 합니다.『감기 걸리세요』잠결에 들은 목소리는 저랑 아주 비슷한 누군가의 것이었습니다.

사람의 기억은 그럭저럭 적당적당해서, 예를 들어 이러한 불가사의한 일이 찾아온다 해도 멋대로 이치에 맞도록 보완해버리는 것입니다.

도시락의 경우를 말하자면 어머니는 "잘못 봤나?"라고 자기 완결했고, 이불의 경우를 말하자면 "일레이나가 덮어줬구나"라고 생각하며 더는 의문을 품지 않았던 것입니다.

지붕 아래에서 몰래 생활하던 불법 체재자의 이야기도, 애초에 주민이 그 존재를 의심하기 시작한 것은 살기 시작한 지 반년 이상이나 지난 후의 일이었습니다.

사람은 의외로, 시야 밖의 일에는 둔감합니다.

"요컨대 평소엔 뒤에서 행동하고, 어찌해도 내 앞에 나와야만 할 때는 일레이나인 척을 하고 활동했다── 대략 그런 느낌이려나?"

어머니는 빗자루 씨의 행동을 그렇게 정리했습니다.

"……역시 어머님이십니다."

졌습니다 하고 말하듯 웃어 보이는 빗자루 씨.

그녀는 이어서 단념한 투로 이야기하기 시작했습니다.

"그러네요. 저, 실은 얼마 전부터 일레이나 님의 생활을 몰래 서포트 하고 있습니다."

"그것 외에도 이것저것 하고 있는 거지?"

"그렇습니다."

"구체적으로는 어떤 걸?"

고개를 갸우뚱하는 어머니.

"예를 들어 오늘로 말하자면, 냉장고에서 잊힌 푸딩을 일레이나 님 대신 먹거나 했습니다."

푸딩!

순간 제 안에 잠들어 있던 분노가 다시 고개를 내밀었습니다. 잊고 있었습니다. 저는 그녀에게 푸딩을 빼앗겼던 것입니다. 이게 어디가 서포트라는 걸까요?

"그거 오늘 돌아오면 먹으려고 했던 거란 말이에요. 빗자루 씨."

"일레이나 님."

"뭔가요?"

"유통 기한, 지났습니다."

"뭐라고요……?"

저는 경악했습니다.

보니 확실히, 빗자루 씨의 옆에 있는 푸딩에 새겨져 있는 날짜는 어제 것.

"저는 일레이나 님이 배탈 나지 않도록 보호한 겁니다……."

"너는 아무렇지도 않니?"

고개를 갸웃거리는 어머니.

"저는 물건인지라……."

"잘 이해되지 않는 이유네……."

쓴웃음 짓는 어머니.

참고로 흥미 본위로 묻습니다만.

"그것 외에는 뭘 했었나요?"

조금 전에 들었던 예나 푸딩 이야기는 어디까지나 저와 어머니가 인지할 수 있는 부분의 이야기. 그녀의 말투로 보건대 뒤에서는 더 많은 보조를 해주고 있는 것일 테지요.

하지만 이상한 이야기로군요.

"보조를 받은 기억이 별로 없습니다만……."

평범하게 생활하면서 저는 그녀의 기척을 느낀 적이 거의 없습니다. 제가 둔감한 것일까요?

그러고서 그녀는 "흐음" 하고 생각한 다음.

"이것저것 하고 있죠"라며 입을 열었습니다.

"이것저것이라니 뭔가요?"

"말해버려도 괜찮을까요?"

이라라? 상당히 뜸을 들이는군요. 마치 뭔가 켕기는 걸 감추고 있기라도 한 것처럼.

혹시 사실은 자신에게 이익이 되는 일도 이것저것 하고 있는 것은……?

푸딩 건도 실제로는 유통 기한이 하루 지난 정도라면 문제없이 먹을 수 있습니다. 즉, 저를 지킨다고 하는 명목하에 푸딩을 먹고 싶은 자신의 욕망을 채웠을 가능성도 부정할 수 없는 것입니다.

그런고로 저는 의연한 태도로 말했습니다.

"빗자루 씨. 전부 확실하게 말해주세요."

"……괜찮을까요?"

"물론이죠."

힘주어 고개를 끄덕이는 저.

당신이 저의 좋은 친구인지, 아니면 저와 같은 사리사욕 가득한 인간인지를 여기서 판단하기로 할까요.

"알았습니다. 그럼…….."

그리고 빗자루 씨는 숨을 들이쉬고.

지금까지 해온 서포트들을, 이야기했습니다.

————그것은 예를 들면 어느 봄날의 일.

"변장하고 다른 사람인 척을 하면 무한히 빵을 살 수 있지 않을지……?"

한 사람당 한 개 한정인 빵을 몇 번이고 구입할 수 있는 숨은 비법을 발견하고 만 여고생이 한 명 있었습니다. 심지어 변장해서 계속 산 다음, 완판된 후에 자신이 팔면 안정적인 수입이 들어오지 않을지? 그렇게 천재적인 번뜩임을 발휘하는 그녀는 대체 누구일까요? 그렇습니다. 저입니————잠깐만요 빗자루 씨 그 이야기는 좀.

"……일레이나?"

"아무것도 아닙니다."

차가운 미소를 짓고 있는 나의 어머니에게 애교스러운 미소로 답하는 저.

"빗자루 씨. 다른 이야기로 해주겠어요?"

"알았습니다."

그리고 빗자루 씨는 말했습니다.

@necömi

————그것은 예를 들면 여름날의 일.

"시험 전에 곤란해하고 있는 거기 당신. 낙제점을 회피하고 싶지 않으신가요? 그런데 여기에 수재인 제가 쓴 노트가 있습니다만."

동급생을 앞에 두고 뽐내는 표정을 짓는 여학생이 거기에는 있었습니다. 노트를 보여주는 대신에 대가를 요구할 마음으로 가득했습니다. 그것은 대체 누구일까요? 그렇습니다, 저입니————잠깐만요 그 이야기도 멈춰주시겠습니까?

"저기, 일레이나? 너 뒤에서 뭘 하고 다니는 거니?"

"아무것도 아닙니다."

오호호호 하고 메마른 웃음으로 답하는 저.

"빗자루 씨……! 조금 더 이렇게…… 따뜻해지는 느낌의 에피소드를 피로해주세요."

"알았습니다."

그리고 빗자루 씨는 말했습니다.

————추운 겨울의 일.

"거기 당신. 혹시 지금, 뭔가 곤란하지 않으신가요?"

망가진 자판기 앞에서 난처해하는 남성에게 말을 거는 여학생이 한 명 있었습니다. 그 손에는 조금 전 편의점에서 산 새 음료가 하나. 괜찮다면 이걸 드릴까요? 참고로 가격은 300엔입니다. 그렇게 말하고 싶은 듯한 표정의 그녀는 누구일————잠깐만요 빗자루 씨. 단어의 의미가 다릅니다.

"차를 마셔서 따뜻해진다고 하는 의미가 아니었나요?"

"감동적인 에피소드라는 의미입니다."

"감, 동……?"

"거기서만 망가진 로봇 같은 반응을 하지 말아주세요……."

마치 저에게는 마음 따뜻해지는 느낌의 에피소드가 전혀 없는 것 같지 않습니까.

"제가 관여한 것 중에 마음 따뜻해지는 느낌의 에피소드는 지금 현재 전무합니다."

"딱 잘라 말하지 말아주세요."

정말이지, 하고 대꾸하는 저.

그러나 그녀가 몇 가지 예를 들어준 덕분에 판명된 것이 하나 있었습니다.

아무래도 그녀는 제가 수상한 일에 손을 대지 않도록 평소 뒤에서 궤도 수정을 해주었나 봅니다.

실제로 예로 든 이야기는 전부 실현되지 않았던 것입니다.

예를 들어 빵 가게에서 한 사람당 한 개 한정인 빵을 몇 번이고 사려고 했던 때는, 변장해서 두 번째 사려던 때 "나쁜 짓은 안 돼요" 하고 어디선가 속삭이는 소리가 들려 그만두었던 것입니다.

당시에는 완전히 점원분에게 들킨 건가 했는데, 아무래도 그 목소리는 빗자루 씨의 것이었나 봅니다.

그 외에도 노트에 관해 말하자면 그날에 한해서 집에 두고 왔고, 자판기는 기적적으로 부활해서 평범하게 남성이 구입할 수 있었습니다. 하나같이 저의 계획은 실패로 끝났던 것입니다.

만약 그녀가 없었다면, 저는 지금 어떠한 실수를 범해 수상한 일에 손을 물들였을지도 모릅니다. 제 손이 지금도 깨끗한 채인 것은 그녀 덕분이라 말해도 좋을 테지요.

“빗자루 씨…….”

당신은 저를 뒤에서 도와주고 있었던 거로군요.

“일레이나 님을 지키는 것은 저의 역할이니까요…….”

왠지 모르게 좋은 느낌의 분위기가 되는 저와 그녀.

아무래도 저는 그녀의 존재를 오해하고 있었나 봅니다.

만사 해결, 한 건 끝. 그녀는 저의 베스트 프렌드.

“―――일레이나. 방금 이야기, 뭐니?”

만사 해결! 한 건 끝! 그녀는 저의 베스트 프렌드!

후후후 하고 무서운 미소를 지으며 이쪽을 바라보는 나의 어머니에게서 저는 온 힘을 다해 시선을 돌렸습니다..

“아, 안심하세요. 엄마. 전부 미수로 끝났어요……!”

“하지만 아웃 로 한 짓을 하려 했던 거지?”

저와의 거리를 좁히는 어머니.

“얼굴, 가까운데요…….”

“일단 물어보겠는데, 일레이나, 그 외에는 수상한 짓을 하지 않았겠지?”

“무, 무무무물론이고말고요.”

저는 허둥지둥하면서도 말을 자아냈습니다.

“저는 청렴결백을 그림으로 그린 듯한 인간이거든요? 수상한 짓 같은 걸 할 리가―――.”

그때였습니다.

제 스마트폰에서 경쾌한 음악이 울렸습니다.

착신.

디스플레이에 표시된 것은 미나 씨의 이름.

……미나 씨?

이런 때 대체 무슨 용건일까요?

그러나 이것은 설교에서 벗어날 천재일우의 기회이기도 합니다.

"받아도 될까요?"

전화를 받아서 은근슬쩍 분위기를 흐지부지하게 만들어보죠.

"그래."

고개를 끄덕이는 어머니.

착실한 미나 씨이니 분명 착실한 화제로 걸었을 것이 틀림없습니다.

그리고 저는 화면을 터치해 스피커로 전환하고서 통화 버튼을 눌렀습니다.

"안녕하세요. 미나 씨. 무슨 일인가요?"

『……일레이나.』

냉정한 목소리가 스마트폰에서 울렸습니다.

"네."

말을 기다리는 저.

그러고서 그녀는 충분히 뜸을 들이고 말했습니다.

『……음큼해.』

"????????"

순간 얼어붙는 저희 집 거실. 전혀 의미를 모르겠으나 화면 너머의 그녀에게서는 묘하게 부끄러워하는 기척이 느껴졌습니다.

『오늘 일 말인데. 아무한테도 말하지 말아줘. 나, 학교에서는 쿨한 캐릭터로 통하고 있으니까.』

"……………………………."

『목욕을 마치고 칠칠치 못한 차림으로 있다는 것도 말하지 말아줘. 그런 차림은 가까운 사람에게만 보이는 거니까――――.』

"……………………………."

저는 통화를 중단했습니다.

…………．

못 해먹겠습니다만…….

"많이 늦는다 싶더니…… 뭘 한 거니?"

"아니, 저기…… 그게 아니거든요."

오해입니다. 어머니. 오해예요.

아마도 오늘 귀갓길에 사야 씨가 미나 씨에 관해 불평했던 것이 본인에게 알려지고 만 것일 터입니다만―― 어째선지 미나 씨의 이상한 표현 탓에 묘한 분위기가 되고 말았습니다.

결코 뒤가 켕기는 일은 없었습니다.

정말입니다.

"일레이나……? 한창때인 건 알지만, 다른 집 애를 부끄럽게 하는 일이 없게 하렴……?"

"다정하게 대하지 말아 주시겠어요……?"

이상한 오해가 가속해가고 있었습니다. 화제를 바꾸면 바꾸는 대로, 다른 의미에서 거북해질 거라고는 생각하지 못했습니다.

여기는 지옥인가요?

"빗자루 씨."

도와주세요, 나의 벗.

시선을 돌려 도움을 청하는 저.

진지한 표정의 그녀가 이쪽을 바라보고 있었습니다.

"일레이나 님."

"네."

"그건 좀 무리입니다."

"포기가 빨라!"

그보다 전혀 안 도와주잖아요…….

베스트 프렌드라는 건 뭐였던 겁니까.

"그나저나 회제를 되돌려서, 일레이니? 상당히 이웃 로 힌 일에 손을 대려 했던 모양인데?"

게다가 전혀 화제를 전환하지 못했잖아요…….

기억났다는 듯이 제 어깨를 두드리는 어머니의 손에는 가방이 하나 들려 있었습니다. 이 앞에 기다리고 있는 전개 같은 건 간단히 예상할 수 있습니다.

"저기…… 이번엔 봐주실 수 없을까요?"

머뭇머뭇 묻는 저.

생긋 웃으면서 어머니는 답했습니다.

"나는 끈질기단다."

○

“프랑, 또냐?”

스마트폰으로 연락이 온 것은 동료인 실라와 레스토랑에서 저녁 식사를 하고 있을 때였습니다.

……이번에야말로 업무 연락인 걸까요?

고개를 갸우뚱하는 실라를 무시한 채 저는 스마트폰을 확인했습니다.

“………….”

직후에 저는 입을 다물고, 이쪽을 바라보는 실라에게 화면을 들어 보였습니다.

“왠지 일레이나한테서 또 사진이 왔는데요.”

화면을 가리키는 저.

화면에 비춰진 것은, 그야말로 내키지 않는다는 표정을 지으며 『저는 엄마 몰래 아웃 로 한 짓을 했습니다』라고 쓰인 피켓을 목에 건 일레이나와 그 옆에서 “예이” 하고 브이하는 빅토리카 씨의 사진이었습니다.

어이없어하는 저희.

“……아까부터 그 녀석들은 뭐 하는 거야?”

“글쎄요……?”

○

“아! 그러고 보니 빗자루 짱, 오늘부터 우리 집에서 함께 살면 어떨까?"

이런저런 일이 일어난 하루의 마지막.

제가 가방을 정리하는 옆에서 어머니는 매우 자연스럽게 그런 말을 했습니다.

빗자루 씨가, 함께 산다, 고요?

"뭐, 괜찮지 않은가요?"

흠흠 하고 고개를 끄덕이는 저.

"네에에에에에에……? 그, 그런, 죄송스럽게……."

아마도 그 자리에서 놀란 것은 빗자루 씨 본인뿐이었을 테지요. 저도 저대로 어머니라면 그런 말을 꺼내리라고 생각하고 있던 것입니다.

사람 눈에 띄지 않는 범위에는 둔감하지만, 언제나 보이는 곳에 있는 상대가 생각하는 것은 어렴풋이 알 수 있는 법입니다.

놀라는 빗자루 씨의 어깨에 손을 올리면서 어머니는 웃었습니다.

"앞으로 일레이나가 이상한 짓을 하지 않도록 지켜봐 주렴."

그 웃는 얼굴에는 약간의 압박이 포함되어 있는 것 같았습니다.

『일레이나가 나쁜 짓을 하면 바로 나한테 알려주렴』이라고 말하는 분위기도 느껴졌습니다.

마치 제가 나쁜 짓을 하는 인간이라고 단정하고 있는 것 같은 말투. 정말이지 실례잖아요.

"살게 해주시는 건 감사하지만…… 두 분 모두, 그렇게 간단히 결정해버려도 괜찮으신가요……?"

당혹스러워하면서도 묻는 빗자루 씨.

이미 전부터 저희 집에 있었던 모양이니, 새삼스러운 기분도 듭니다만.

하나 좋은 걸 가르쳐드리지요.

"저희는 상당히 적당적당이랍니다."

그러니까 별 상관없어요, 하고 저는 말했습니다.

"그러네."

그렇다며 제 말에 거듭해 수긍하는 어머니.

지극히 가벼운 분위기로, 그리하여 빗자루 씨는 저희 가족의 일원이 되었던 것입니다.

"고맙습니다…… 두 분."

아주 기쁩니다…… 하고 감격하는 빗자루 씨. 감격한 후에 그녀는 "앗……" 하고 멍하니 입을 벌리는가 싶더니 다물었습니다.

그것은 척 보아도 무언가 떠올랐지만, 입 밖으로 꺼내기를 꺼리는 듯한 모습.

"왜 그러나요?"

"아, 아뇨…… 죄송합니다. 아무것도 아닙니다."

주저하는 것 같네요.

저는 말했습니다.

"이제부터 한집에서 당당히 사는 가족이니까, 하고 싶은 말이 있으면 솔직하게 말하는 편이 좋아요."

"그럼…… 사양하지 않고 말해도 괜찮을까요? 일레이나 님."

"덤벼보세요."

가슴을 펴는 저.

빗자루 씨는 말했습니다.

"일레이나 님의 전 재산, 아직 못 받았는데요."

"…………."

"못 받았습니다."

그러고 보니 머그잔을 언제 어디에서 샀는지 맞히면 전 재산을 주겠다고 말했었죠…….

말했었네요…….

"빗자루 씨."

"네."

저는 과거의 경솔했던 발언을 크게 후회하면서, 빗자루 씨의 어깨에 손을 올리며 말했습니다.

"저희 가족 중에서 저는 특히 더 적당적당입니다."

"저기, 일레이나 님?"

"약속도 간단히 없었던 셈 칩니다."

"일레이나 님?"

"요약하자면 기억에 없습니다."

"네에에에에에……."

아무튼 이리하여 이런저런 일이 있었던 하루는 끝을 고했습니다.

"혹시라도 납득이 안 된다면, 오늘 준 푸딩으로 참아주세요."

"아니 그거 유통 기한이 지난 거였는데요."

마녀의 여행
SCHOOL STORY OF WANDERING WITCHES
학원 이야기

제 8 장

내가 그녀에게 빈 교실로 불려 간 것은 방과 후의 일입니다.

"후후후…… 왔구나. 아빌리아."

드르륵 하고 문을 열자 책상에 걸터앉은 그녀가 이쪽으로 대담한 미소를 비어 보이고 있었습니다. 미나 씨.

사야 씨의 여동생으로, 그러나 사야 씨보다 조금 어른스러운 분위기를 풍기는 나의 동급생.

나는 "안녕" 하고 손을 흔들면서 문을 닫고 그녀 쪽으로 다가갔습니다.

"……여기에 오는 동안, 아무도 따라오지는 않았겠지?"

"문제없습니다. 나를 누구라고 생각하는 겁니까."

"조금 맹한 부분이 있는 애."

"오호오? 다름 아닌 나를 도발하다니. 배짱이 좋군요."

눈을 가늘게 뜨는 나.

오늘 내가 이곳에 온 것은 미나 씨의 바람에 응하기 위해. 내 기분을 상하게 해도 괜찮은 겁니까?

"농담이야."

어깨를 움츠리는 미나 씨. 알면 됐습니다.

"그래서, 아빌리아. 예의 그건 제대로 가져왔겠지?"

나는 고개를 끄덕였습니다.

"물론이죠. 오늘은 그걸 위해 온 거니까요."

"그래…… 그럼."

슬쩍, 미나 씨는 주변을 살피면서 몰래 이쪽으로 손을 내밀었습니다.

그 손에 들려 있는 것은, 돈.

"……받도록 하겠습니다."

스으윽 하고 조심스럽게 돈을 받아 드는 나. 비어버린 그녀의 손에는 대신 예의 물건을 올려놓았습니다.

그야말로 뒷거래.

"……확실하게 받았어."

마치 악당.

이런 장면을 남이 본다면 오해를 받을 것이 틀림없을 테지요.

"그보다, 어째서 이런 수상한 거래 같은 짓을 하면서 건네야만 하는 건가요?"

같은 반이니까, 그냥 교실에서 평범하게 건넬 수 있었는데요.

"안 돼. 이런 걸 교실에서 받았다간 시끄러워질 거야."

"이런 데서 밀회를 하는 쪽이 더 시끄러워질 것 같은데요……."

"그런 리스크를 질 만한 물건인걸. 어쩔 수 없지."

"리스크를 질 만하다……?"

고개를 끄덕이는 그녀가 든 예의 그 물건.

나는 고개를 갸웃거리며 말했습니다.

"하지만 그건 그냥 평범한 물건인데요."

인형.

더 정확하게 말하자면 귀여운 느낌의 새끼 고양이 캐릭터를 모

티브로 한 인형이자, 어린 여자아이에게 특히 인기 있는 물건.

미나 씨에게 부탁받아 어린 여자아이들 사이에 섞여 며칠 전에 사러 갔던 물건입니다.

딱히 한창때의 여자아이가 인형을 갖고 있는 것 정도는 전혀 이상할 것 없다고 생각합니다만…….

"내가 이런 귀여운 걸 소지하고 있다는 게 알려지면, 주변 학생들이 놀라고 말 거야."

"생각이 지나치다고 보는데요……."

뭐, 확실히 귀여운 인형을 안고 있는 미나 씨의 모습은, 답지 않다고 하면 답지 않습니다만.

그러나 달리 말하자면 그런 갭도 또한 귀여웠습니다.

"아무튼 큰 도움이 됐이. 이빌리이. 후후후후……."

"아뇨, 천만에요랍니다."

그냥 인형을 샀을 뿐이니까요.

"그럼 슬슬 돌아가기로 하죠————."

벌써 시간이 됐습니다.

모처럼이니, 돌아가는 길에 함께 어디 들르기라도 할까요?

나는 그녀에게 물으려 고개를 돌렸습니다.

"……윽!"

그러나 그때 내 시선이 포착한 것은 긴박한 표정의 미나 씨.

"무슨 일인가요?"

"————쉿! 조용히!"

내 입을 손으로 막는 미나 씨.

“웅얼웅얼.”

무슨 짓인가요?

“……누군가가 근처에 와 있어!”

귀를 기울이자 확실히 이야기를 나누는 목소리와 발소리가 점점 커지는 것이 희미하게 들려왔습니다.

아무래도 이쪽으로 다가오고 있나 봅니다.

“웅얼웅얼.”

딱히 상관없지 않은가요?

“이쪽으로 와. 아빌리아.”

“우으으읍.”

내 입을 누른 채 뒤로 돌아서서 질질 끌고 가는 미나 씨. 마치 은밀 행동 중인 스파이처럼 그녀는 현란한 움직임으로 나를 그대로 로커 안으로 끌고 들어갔습니다.

“이 안에서 기다리도록 하죠. 아빌리아.”

“으브브브.”

이런 모습을 들켰다간 시끄러워질 것이 틀림없습니다.

“괜찮아. 들키지 않으면 문제없으니까.”

“우으으읍.”

범죄자의 사고 회로가 아닙니까!

나는 입이 틀어막힌 채로 잠시 항의했습니다만, 결국 늦고 말았습니다.

빈 교실의 문이 드르륵 열리고 말았습니다.

빈 교실에서.

여러분 안녕하세요. 사야입니다.

"갑작스럽지만 암네시아 씨,『로커에 둘이 갇히는 그거』를 아시나요?"

"어? 아니."

"어머! 그 유명한『로커에 둘이 갇히는 그거』를 모르는 건가요? 인생의 80퍼센트를 손해 보고 있어요!"

"잘 모르겠지만 몰라도 인생에서 손해 보는 일은 전혀 없을 거라는 것만큼은 알겠어."

어이없어하는 모습의 암네시아 씨.

손해 보지 않는다니, 말도 안 돼! 내가 매일같이 푹 빠져 읽고 있는 필독 참고서(연애 만화)에『로커에 둘이 갇히는 그거』로 러브르브한 커플은 대체로 잘된다고 쓰여 있는데!

"어쩔 수 없네요. 설명해드릴까요."

"아니 딱히 괜찮은데……."

"아시겠어요?『로커에 둘이 갇히는 그거』라는 건 말이죠."

그리고 나는 칠판에 적었습니다.

―――――로커에 둘이 갇히는 그거란.

1, 우선 친한 두 사람을 빈 교실에 준비합니다.

2, 제삼자가 온 타이밍에 로커에 두 사람이 함께 들어갑니다.

3, 거리가 가까워 두근두근하는 두 사람.

이상.

"이런 느낌으로, 일반적으로 로커에 둘이 들어가게 되면서 가슴이 두근거리고 두 사람의 거리가 급접근! 이라는 전개는 꽤 많습니다."

어떤가요? 암네시아 씨.

의기양양하게 설명한 나에게 암네시아 씨가 보인 반응은 이러합니다.

"응. 그래서?"

그래서? 라니요?

정말이지! 둔한 데도 정도가 있죠!

"암네시아 씨, 이러한 사실을 보고도 내가 말하고자 하는 바를 모르는 건가요?"

찰싹찰싹, 칠판을 치는 나.

"말하고자 하는 바라고 한들⋯⋯."

으음, 하고 생각에 잠기는 암네시아 씨.

이윽고 그녀는 퍼뜩 놀라며 고개를 들었습니다.

"서, 설마, 사야 씨⋯⋯!"

"후후후⋯⋯."

이해하셨나요?

"나와의 거리를 급접근시키고 싶다⋯⋯라는 뜻?"

"아니 그런 게 아닙니다."

무슨 말을 하는 겁니까.

"어? 그럼 뭔데?"

"눈치가 없군요."

이런 이런. 나는 말했습니다.

"알겠나요? 로커에 둘이 들어간 사람들은 기본적으로 그 직전까지 보여줄 수 없는 짓을 하고 있던 경우가 많습니다."

예를 들면 연인이 있으면서 다른 이성과 밀회를 갖고 있던 사람이라든가.

혹은 표면적으로는 사이가 나쁘지만 뒤에서는 매우 사이가 좋다든가.

다음은 위험한 약의 뒷거래라든가.

이러한 요인에서 이끌어낼 수 있는 사실은 하나.

"즉 로커에 둘이 들어간 단계에서, 두 사람이 어떠한 사정을 갖고 있다는 것은 명백하다는 말입니다."

"흐음."

"즉 다시 말하자면, 둘이 로커에서 나오면 상대가 어떤 사람이든 옆에서 보기에는 수상쩍은 관계인 두 사람으로 보인다는 겁니다!"

"아니 그렇게는 안 될 것 같은데."

"예를 들어 나랑 암네시아 씨가 둘이 같이 로커에서 나오는 모습을 들켰을 경우, 아마도 다음 날부터 우리는 연인 사이나, 수상한 뒷거래를 한 두 사람으로 보일 겁니다."

"절대 그렇게는 안 될 것 같은데."

"즉 로커에 둘이 들어간다는 행위는 주변부터 공략해가는 것과

동등한 효과가 있는 겁니다.”

“이야기의 비약이 너무 심하잖아…….”

“아무튼!”

탕탕하고 칠판을 두드리는 나.

“암네시아 씨. 생각해보세요! 이 방법을 쓰면 어떤 것이든 가능해지는 거예요!”

“어떤 것이든……?”

무슨 뜻?

하고 고개를 갸웃거리는 암네시아 씨.

“예를 들어 나랑 일레이나 씨가 둘이 로커에서 나오는 장면을 들켰다고 하죠. 다음 날부터 우리가 어떤 식으로 여겨지게 될지…… 알겠죠?”

“일레이나 씨에 한해서는 상대가 누구든 수상한 뒷거래를 한 상대로만 여겨질 것 같은데.”

먼눈을 하는 암네시아 씨.

왠지 모르게 그녀의 머릿속에 돈다발로 얼굴을 부채질하며 히죽거리는 일레이나 씨의 얼굴이 떠올라 있는 것만 같았습니다.

“아무튼 나는 이 방법을 써서 천하를 차지할 겁니다…….”

“절대 무리라고 생각하는데…….”

“그런 연유로 오늘 암네시아 씨에게는 실제로 로커에 둘이 들어가는 게 가능한지 어떤지를 확인해주셨으면 합니다.”

나는 교실 뒤쪽의 로커까지 걸어갔습니다.

크기로 봐서는 문제없다고 생각하지만, 실제로 둘이 들어가 보지 않으면 모르는 겁니다.

그런고로 오늘은 사전 답사 같은 의미를 담아서 암네시아 씨를 불렀던 것입니다.

"아니……."

그리고 노골적으로 싫어하는 반응을 보이는 암네시아 씨.

"뭘 싫어하는 건가요? 암네시아 씨! 잠깐 들어갈 뿐이에요. 로커에."

"아니, 함께 로커에 들어간 사람이 의심스러운 관계인 것 같은 이야기를 잔뜩 한 뒤에 같이 들어가고 싶지 않은데……."

"괜찮아요! 잠깐 들어갈 뿐이니까요!"

"하지만 그런 장면을 목격당했다간 오해받을 거야."

"하하하! 괜찮아요. 로커에서 사람 둘이 나온 것만으로 소란을 피우는 건 머리가 좀 번뇌에 지배당한 그런 아이뿐이라니까요."

"하는 말이 지나치게 지리멸렬하지 않아?"

조금 전까지 정반대의 말을 했던 주제에……라며 눈을 가늘게 뜨는 암네시아 씨.

그리고 나는 그녀를 데리고서 로커에 손을 댔습니다.

"그럼, 암네시아 씨. 시험 삼아 해보죠."

"뭐…… 딱히 상관없지만."

"이런, 암네시아 씨. 적극적이군요."

"적극적이지 않아도 강제로 할 거잖아."

뭐, 그 말대로지만요.

"그럼 냉큼 해버리죠!"

"실은 누군가가 이미 들어가 있거나 한 건?"

옆에서 키득거리며 농담을 하는 암네시아 씨.

"하하하! 설마."

나는 웃으면서 로커를 열었습니다.

"…………."

아빌리아 씨와 미나, 두 사람과 눈이 마주쳤습니다.

나는 로커를 닫았습니다.

―――어째서, 두 사람이, 로커에, 숨어 있는 거지……?

"아, 아아아아암네시아 씨……! 큰일이 났어요……!"

으아아 으아아 하고 나는 떨면서 암네시아 씨의 어깨를 잡았습니다.

"내 여동생이……! 암네시아 씨의 여동생과……! 의심스러운 짓을 하고 있어요……!"

로커에 둘이 들어간다는 것은 즉 그러한 것이 아닌지?

내가 모르는 곳에서 여동생이 뭔가 어른이 되었어요! 꺄아! 나는 어쩔 줄 몰라 하며 그 자리에서 소란을 피우는 처지가 되었습니다.

그리고 그런 나를 바라보며 암네시아 씨는 한숨을 내쉬고 말했습니다.

"너는 정말로 하는 말이 지리멸렬하네……."

비도 방울져 떨어지는 아름다운 소녀.

대체 누구일까요?

그렇습니다. 저입니다.

"정말이지…… 곤란하네요."

쏴쏴 비가 쉼 없이 쏟아지는 중에 저는 한숨을 내쉬었습니다.

학교를 나섰을 무렵부터 심상치 않은 분위기를 자아내고 있기에 서둘러 귀갓길에 올랐습니다만, 비구름은 그보다도 빠르게 저희 머리 위를 덮치고 말았나 봅니다.

딕분에 저도 일딘, 비로부터 몸을 감추는 신세가 되었습니다.

도망쳐 들어온 곳은 길 한쪽에 있는 폐업한 점포의 지붕 아래. 사람이 딱 두 명 들어갈 수 있을 정도의 폭밖에 안 되었습니다.

오랫동안 올라간 흔적이 없는 셔터 앞에 서서 살짝 젖은 어깨와 머리카락을 손수건으로 닦으며 저는 다시 한숨을 한 번.

예보에 없던 비에 거리가 당황한 것처럼 보였습니다.

온몸이 젖을 것을 각오하고서 빗속을 전력으로 달리는 사람이 있었습니다. 준비성이 좋은지 접이식 우산을 쓰고 여유롭게 걷는 사람도 있었습니다.

"뭐냐 뭐냐! 비가 온다는 말은 듣지 못하였다!"

혹은 저와 마찬가지로 비를 피하기 위해 달려 들어온 분도 한 분 계셨습니다.

불쑥, 빗속에서 제 바로 옆으로 뛰어 들어온 것은 청백색 머리카락의 여성.

연령은 20대. 블라우스에 스커트 한 장이라고 하는 가벼운 옷차림. 스타일은 좋았는데, 나올 곳은 나오고, 그러나 배 주변은 마른—— 요컨대 모델 같은 체형을 가진 듯 보였습니다.

"이런 이런……."

한숨을 내쉬는 그녀.

갑작스러운 불합리함에 대해 답답한 감정을 억누를 수 없었던 것일 테지요. 그녀는 이어서 "정말이지…… 일기 예보는 믿을 게 못 되는구나"라며 동의를 구하듯이 이쪽을 바라보았습니다.

이쪽을 들여다보는 것은 붉은 눈동자.

"그러게요."

정말이지 동감입니다.

좁은 지붕 아래에서 어깨를 딱 붙이고 서서 저희는 서로 하늘을 바라보았습니다.

내리기 시작한 비는 그칠 기색이 없어 보였습니다. 그치기는커녕 하늘은 어디까지고 어두운 납빛.

한동안 비는 계속될 테지요.

"…………."

"…………."

저희 사이에 있는 것은 침묵뿐이었습니다.

그것은 마치 움직이는 엘리베이터 안에서 목적지에 도착하기를 기다리는 승객 같았습니다. 그러나 저희가 아무리 노려본들 하늘이 맑게 개는 일은 없었습니다. 비는 여전히 내리고 있습니다. 대체 언제까지 계속되는 걸까요. 옆에서 그녀는 팔짱을 끼면서 "아직인 것이냐" 하고 중얼거렸습니다. 팔이 닿았습니다. 뒤이어 지붕 밖으로 제가 조금 비어져 나왔습니다. 저는 "그러네요" 하고 고개를 끄덕이면서 그녀 쪽으로 살짝 체중을 기울이며 지붕 안으로 돌아갔습니다.

"너 왠지 조금 이쪽으로 붙지 않았느냐?"

"네? 무슨 말인가요?"

저희는 평온하게 대화를 나누었습니다. 그러고서 저는 조용히, 그러나 확실하게 생각했습니다.

좁아————.

딱 두 사람이 들어갈 수 있을 정도의 폭밖에 안 된다고 조금 전 독백한 것을 깊이 반성해야만 했습니다.

저희가 지금 서 있는 이곳에는 그런 여유는 없었나 봅니다.

실제로는 고작 1.5인분 정도의 폭밖에 없었던 것일 테지요.

지금도 저와 그녀는 어깨를 딱 붙이고서 서 있건만, 서로 약간 지붕에서 삐져나와 있습니다.

덕분에 한쪽 어깨가 서로 조금씩 젖었습니다.

그것참 이래서는 감기에 걸리겠군요.

"역시 네가 이쪽으로 좀 붙었다."

"그러는 당신이야말로 붙지 않았나요?"

조금 전과 마찬가지로 나누어진 평온한 대화 사이에서 조용히 불꽃이 튀기 시작한 것만 같았습니다.

좁은 곳에 두 사람. 언제나 다툼은 뺏고 빼앗기는 것에서 발전하는 것입니다.

"저기, 미안하다만 이제부터 일이 있어서 그러는데, 대본을 좀 읽어도 괜찮겠느냐?"

그녀는 갑작스레 가방 안에서 책자를 꺼냈습니다.

일? 대본?

그것참.

"혹시 배우분입니까?"

"응? 뭐, 그런 셈이다만……. 너, 루세라라고 아는가?"

"루세라……."

머릿속에서 그 이름을 검색해보았습니다. 어디선가 본 적이 있는 것만 같았습니다. 구체적으로 말하자면 집 안, 텔레비전 너머에서.

이윽고 떠올렸습니다.

"혹시 최근 드라마에 나오는 배우분인가요?"

분명 수백 년 살고 있는 용인(龍人)을 테마로 한 이야기의 주역으로 그녀를 봤던 것 같습니다.

"그래! 지금 한창 잘나가는 대배우 루세라 님이 바로 이 몸이니라."

쓸데없이 뽐내는 표정을 짓는 그녀.

그러고 보니 드라마 속에서도 이런 말투였던 것 같습니다만.

"평소에도 그런 캐릭터인 거군요."

"이것도 역할 만들기의 일환이니라."

"그것참, 일에 상당히 열심이군요."

바쁘신 몸인지, 비가 그치기를 기다리는 사이에도 일을 하지 않으면 안 되나 봅니다. 그녀는 이어서 선언한 대로 대본을 읽기 시작했습니다.

이렇게 좁은 데서 읽으면 젖지 않나요?

의문을 품는 저.

"혹여 방해가 된다면 저쪽 지붕으로 이동하는 편이 좋을 게다."

그렇게 말하면서 그녀가 가리킨 것은 길 저편.

거기에는 여기와 비슷한 지붕이 하나.

요약하자면 방해되니까 저리로 가, 라고 말하고 싶은 것일 테지요.

그러나 여기를 먼저 차지하고 있던 것은 저.

"저는 딱히 신경 쓰이지 않습니다만. 넓은 곳에서 일을 하고 싶으신 거라면 당신 쪽이 이동하는 게 어떻습니까?"

"아니. 이 몸은 배우라서 말이지. 여기서 감기라도 걸리면 일에 영향을 준다."

"저도 감기에 걸리면 내일 학교에 영향이 생겨서 무리네요."

"…………."

"…………."

온화하게 서로를 바라보는 저희.

이 좁은 지붕은 저희 중 한쪽을 위해 있어야만 합니다.

그녀와는 처음 만났지만, 그러나 지금 그녀가 무엇을 생각하고 있는지, 제게는 훤히 들여다보였습니다.

'이 녀석은 뭐냐…… 냉큼 비키거라!'

아마도 대략 이런 생각을 하고 있을 테지요.

그래서 저도 독백으로 답했습니다.

'절대로 안 물러날 거예요. 오히려 당신 쪽이 물러나 주세요.'

말을 주고받는 일 없이 저희는 그렇게 서로 어깨를 밀어댔습니다.

계속해서 쏟아지는 빗속, 이리하여 저희의 조용한 싸움이 막을 올렸던 것입니다————.

○

"게임 하실래요?"

제안한 것은 저.

"뭐라?"

고개를 갸웃거리는 루세라 씨에게 저는 담담하게 설명했습니다.

"지금부터 마주 서서, 가위바위보를 해서 진 쪽이 한 걸음씩 물러나는 거예요."

좁은 지붕 아래, 추하게 자리싸움을 계속해본들 피곤해질 뿐일 테지요. 그러니 여기서 공평하게, 가위바위보에서 진 쪽부터 이 자리를 비워주는 겁니다.

지는 쪽은 이곳에서 추방되고, 그 후에는 맞은편 쪽이든 다른 곳이든 좋을 대로 가면 된다.

그런 싸움입니다.

목적은 매우 단순.

"그렇군."

그리고 결말을 내는 법도 매우 단순.

저희가 두고 다투는 지붕 아래는 비좁고, 마주한 채로 한 걸음씩이라도 물러나면 비에 젖을 수밖에 없습니다.

즉, 승부는 단 한 번의 가위바위보만으로 정해지는 겁니다.

"어떻습니까?"

물어보는 저.

그녀는 히죽 웃어 보이면서 몸을 이쪽으로 돌렸습니다.

"져도 불만은 없는 거겠지?"

그 눈은 이미 자신의 승리를 확신하고 있는 것처럼도 보였습니다.

자신만만.

그런 그녀와 마주 보면서, 저는 가슴 앞으로 주먹을 내밀었습니다.

좁은 공간 속, 숨이 닿을 정도로 가까이 있는 그녀의 가슴께에도 주먹이 하나.

그리고 시선과 시선이 마주친 그 순간, 저희는 신호도 없이 서로 입을 열었습니다.

"안 내면 진 거."

두 개의 목소리가 겹쳐졌고, 주먹이 동시에 흔들렸습니다.

"가위바위———."

보!

그리고 내어지는 저의 손.

승리를 쟁취하기 위해 펼쳐진 손은 보.

상대의 손은—— 루세라 씨의 손은 어떨까요.

저는 시선을 보냈고———.

"……?!"

경악했습니다.

펼쳐져 있던 것은 손가락 세 개.

가위도 바위도 아니고 보도 아닙니다. 나이를 먹을 만큼 먹은 어른이 해야 할 범주를 넘어선 그 손은 가위바위보.

어떠한 가위바위보에서도 완전 승리가 가능한 무적의 손이었던 것입니다.

"후하하하하하! 멍청한 놈! 이걸로 이 몸의 승리다!"

"아니 평범하게 반칙입니다만."

아시잖아요? 어른이니까.

"흐응? 너, 규칙을 설명할 때 그런 이야기를 했느냐? 가위바위보를 동시에 내면 안 된다고 말했느냐?"

"아니 말하지 않았지만 그런 건 그냥 아는 거잖아요."

뺨을 뾰로통하게 부풀리는 저.

그러자 그녀는 제 어깨에 손을 툭 올려두고.

시리어스한 표정으로 말했습니다.

"너, 알겠느냐? 어른의 세계에서는 『말하지 않아도 알지?』는 통용되지 않는다!"

"…………."

"하지만 물어보면 물어봤다고 『뭐? 그런 거 일일이 물어보지 마』라는 표정을 짓는 것이 어른의 세계다!"

"일터에서 무슨 일 있었습니까?"

왠지 잘은 모르겠지만 엔터의 세계는 큰일이네요…….

"아무튼 사전에 규칙 설명을 게을리한 너의 패배다! 자, 한 걸음 물러나거라. 그리고 빗속에 그 몸을 드러내는 거다! 후하하하 하하하하!"

의기양양한 루세라 씨.

"대배우면서 한심한 수를 써서 이기고 부끄럽지 않은가요?"

"시끄럽다."

됐으니까 어서 나가라. 그렇게 열을 올리며 말하는 그녀.

할 수 없군요.

"뭐, 진 건 저니까, 지금은 선언한 대로 한 걸음 물러나기로 하죠."

"그렇지, 그렇지."

고개를 끄덕이는 루세라 씨.

저는 이어서 빙글 몸을 돌렸습니다.

"응?"

선언대로 물러나는 겁니다.

"어? 아니, 너, 잠깐―――."

"에잇!"

통! 하고 제 엉덩이가 기세 좋게 그녀에게 부딪혔습니다.

사전에 규칙 설명을 게을리했다고 하는 지적은 지당하다고 봅니다. **진 쪽이 그 자리에서 몸을 반전시켜서는 안 된다고는 말하지 않았으니까요.**

그 결과, 저에 의해 밀려난 그녀가 빗속으로 튀어 나갔습니다.

"네 놈, 절대로 용서하지 않겠다!"

우으으 하고 등 뒤에서 그녀가 저를 노려보았습니다.

결국 두 사람 다 부정을 저질렀다는 것으로 이번 승부는 무효가 되었습니다.

"어라? 너, 저기를 좀 보라."

얼마 후.

갑자기 목소리를 높이며 길을 가리키는 루세라 씨.

"뭔가요?"

저는 고개를 기울이며 그녀가 가리키는 방향을 바라보았습니다. 퍼붓는 비. 이미 만들어진 물웅덩이 중심에 무언가 낯선 것이 하나 떨어져 있었습니다.

가만히 응시하는 저.

그 정체는 바로 알 수 있었습니다.

"돈다발……!"

어떻게 된 일일까요.

상당한 액수의 돈이 다발로 길 위에 방치되어 있었던 것입니다!

"대체 왜 저런 곳에 돈이……?"

경악하는 저.

아마도 백만 엔 정도는 될 테지요————텔레비전 같은 데서 자주 보았던 다발과 비슷한 정도의 두께로 보였습니다.

"혹시 아까 서둘러 가던 녀석이 떨어뜨린 건가?"

저희가 나란히 비를 피한 후, 분명 몇 번이고 사람이 이 앞을 지나쳐 갔습니다. 우산을 쓰지 않고 달려가는 사람도 몇 번이나 보았습니다.

그중 누군가가 떨어뜨리고 가기라도 한 걸까요?

"너, 어쩌겠느냐? 저거, 가지러 가겠느냐?"

제 옆에서 루세라 씨는 진지한 표정을 짓고 있었습니다.

"흐음……."

저도 또한 진지한 표정으로 생각했습니다.

가지러 가야 하는가, 아닌가————가 아닙니다.

'저거 함정이 아닌지……?'

냉정하게 생각해보죠.

물웅덩이 안에 돈다발이 방치되어 있는 일이 과연 있을까요? 이런 상황에서? 아뇨 아뇨 설마. 척 보기에도 수상한 분위기가 아주 훤히 보이는 함정 그 자체.

누군가가 돈을 우연히 떨어뜨렸을 가능성보다도, 저와 루세라 씨가 서로 상대를 계략에 빠뜨리려 하는 현 단계에서는 수상함 쪽이 앞섭니다.

그런고로 저는 생각한 끝에.

답했습니다.

“아, 저는 딱히 됐습니다.”

길 위에 돈다발이 떨어져 있다니, 평범하게 생각하면 말도 안 됩니다. 얕보지 말아주셨으면 합니다.

어차피 당신이 준비한 것일 테지요?

저는 의기양양한 얼굴로 루세라 씨를 보았습니다.

그 직후입니다.

“그런가. 네가 가지러 가지 않는다면, 이 몸이 가겠다!”

놀랍게도. 믿기 어렵게도.

루세라 씨는 스스로 빗속으로 달려나갔습니다.

“……!!”

함정이 아니었다는 겁니까? 그녀는 젖는 것도 개의치 않고 돈다발 쪽으로 달려갔습니다.

저는 자신의 판단 실수를 저주했습니다. 함정일지도 모른다고 하는 선입관 탓에 눈앞에 있는 돈이 진짜일 가능성을 자연스럽게 제외해버렸던 겁니다.

함정일 가능성이 압도적으로 높다고 해도, 누군가가 떨어뜨렸을 가능성은 제로가 아니다.

본래, 손을 뻗을 이유는 그것만으로도 충분할 터인데……!

“……윽! 잠깐만요!”

깨닫고 보니 저도 또한, 빗속으로 뛰쳐나가고 있었습니다.

이제부터 움직여도 늦지는 않을 터―― 루세라 씨의 뒷모습을 쫓으며, 달렸습니다.

그리고 경주에서는 출발이 늦은 쪽이 의외로 유리해지기도 하는 법입니다.

"뭐라……!"

제가 쫓아올 거라고는 생각하지 못했을 테지요.

느긋하게 달려가던 그녀는 순식간에 추월당했고, 그대로 저는 돈다발 쪽으로 손을 뻗어.

잡았습니다.

"후후훗. 아까웠네요. 루세라 씨."

이걸로 이 돈은 제 것―――이라며 들어 보이는 저.

손안에 있던 것은 어린이 은행권이었습니다.

"…………."

어린이 은행권.

요컨대 장난감이었습니다.

"어라?"

얄팍한 종잇장 백 장을 바라보면서 아연실색하는 저. 장대같이 쏟아지는 비. 순식간에 젖는 몸. 고개를 들자 웃는 루세라 씨의 모습이.

"걸렸구나. 멍청한 놈! 이 몸이 달려나가면 낚일 거라고 생각했다!"

이미 그녀는 안전지대인 지붕 아래까지 돌아가 있었습니다.

이 무슨 일인가요.

전부 그녀가 자신의 몸을 던진 책략이었던 것입니다―――!

"후하하하하! 그대로 쭉 젖으면 된다!"

"으으윽."

두 번째 승부는 이렇게 그녀의 승리라는 형태로 마무리되었습
니다.

멈추지 않고 쏟아지는 빗속.

저희는 서로 함정을 깔면서도 상대를 지붕 아래에서 쫓아내기
위한 책략을 계속 짜냈습니다.

"이런, 이 몸도 참. 그만 사인한 종이를 떨어뜨렸구나."

예를 들면 루세라 씨가 사인지를 빗속으로 내던지는 것으로 꾀
어내 보거나.

"아, 큰일이야. 그만 빵 가게 할인권을 떨어뜨리고 말았어요."

저로 말하자면 빵을 미끼로 꾀어내 보거나.

그러니 이미 시로 속여대고 있던 탓에 저희는 온갖 것에 대해
의심암귀.

"…………."

"…………."

웬만한 함정에 걸리는 일은 없었습니다. 온통 깔려 있는 함정
에 저희는 꼼짝하지 않은 채로 서로를 바라보기만 할 뿐.

즉, 저희의 싸움은 교착 상태.

"꺄아아아아아아아아아아아악!"

비명이 거리에 울려 퍼진 것은, 그런 때의 일이었습니다.

"?!"

놀라면서 저희는 고개를 돌렸습니다.

직후에 놀랐습니다.

빗속, 길 위.

거기에 소녀가 한 명, 쓰러져 있었던 것입니다.

"우ㅇㅇㅇㅇㅇㅇㅇ……. 걷다가 갑자기 다리에 쥐가 났어요…….
모, 못 움직이겠어요……!"

우비를 입은 그녀는 도움을 바라듯이 이쪽으로 손을 뻗고 있었
습니다.

큰 통증이 그녀를 덮치고 있는 것일 테지요. 빗속, 뺨을 타고
떨어지는 물방울은 눈물처럼도 보였습니다.

이름도 모르는 그녀는 지금, 도움을 청하고 있습니다.

"……루세라 씨."

과연 이런 때까지 시시한 말다툼을 계속할 필요가 있을까요?

"……그래."

일시 휴전.

어느 쪽이 나서서 제안을 하지도 않았건만, 자연스러운 흐름으
로 저희는 협력 관계가 되었습니다.

그리고 저희는 둘이 나란히 빗속으로 뛰쳐나갔습니다.

무엇보다 부상자 구조를 최우선으로 삼은 것입니다.

"괜찮으냐!"

소녀를 안아 일으키는 루세라 씨.

우선은 안전한 지붕 아래로 피난시켜야 한다고 판단한 그녀는
이어서 제 쪽을 돌아보고, "어이, 손을 빌려다오! 둘이서 운반한
다!"라고 소리쳤습니다.

참고로 저는 지붕 아래에서 히죽거리며 루세라 씨를 바라보고

있었습니다.

"……어랏?"

함께 뛰쳐나왔을 텐데? 너 거기서 뭘 하는 것이냐? 어? 지금은 그런 농담 같은 걸 하고 있을 때가 아니지 않으냐?

같은 얼굴을 하면서 저를 바라보는 루세라 씨.

그런 그녀의 옆에 쓰러져 있던 우비 차림의 그녀는, 이윽고 천천히 일어섰습니다.

다리에 쥐가 났던 게? 라고 생각할 테지요.

아뇨 아뇨.

"고생 많았습니다. 사야 씨."

저는 박진감 넘치는 연기를 보여준 그녀에게 박수를 보냈습니다.

"아뇨 아뇨. 별말씀을요."

에헤헤 하고 쑥스러운 듯 웃는 것은 저의 친구.

사야 씨였습니다.

"서, 설마 너……!"

상당히 놀랐을 테지요.

히죽 웃으면서 저는 루세라 씨에게 잔혹한 진실을 알려드렸습니다.

"그렇습니다―― 그녀에게 협력을 부탁했습니다. 길 위에 쓰러져달라고 말이죠!"

"뭐, 뭣이라……!"

그렇습니다.

모든 것은 제가 짜낸 책략이었던 것입니다. 루세라 씨와 추한

싸움을 하면서도 몰래 사야 씨에게 연락을 취해 비가 내리는 길
위에 쓰러져달라고 부탁을 해두었습니다.

　다음은 의심을 사지 않도록 루세라 씨와 함께 한순간이라도 뛰
쳐나가면, 그녀는 사야 씨 곁으로 달려가 주리라고 생각했습니다.

　마치 조금 전 돈다발에 낚였던 저처럼.

　"어떤가요? 자신이 과거에 썼던 수에 당한 기분은."

　"우으으."

　빗속에서 그녀는 분해하고 있었습니다.

　"……그보다 너는 어째서 방금 그 녀석에게 우산을 부탁하지
않은 것이냐?"

　"아."

　"혹시 너도 상당한 멍청이?"

　"우으으."

○

　비는 여전히 그칠 기미가 없었습니다.

　"으아아아아아아아아아! 도와줘! 갑자기 다리에 쥐가 났어!"

　젊은 대부호가 길 위에 쓰러진 것은 바로 그때였습니다.

　"아니 아니 아니."

　저희의 목소리는 하나로 겹쳐졌습니다.

　젊은 대부호라니.

그런 사람이 때마침 근처에 굴러다닐 리가 없지 않습니까. 바보 취급도 적당히 해주었으면 합니다.

"루세라 씨. 혹시 저를 함정에 빠뜨리려 하는 건가요?"

이번에는 부자를 도우러 가게 하려는 겁니까?

함정 베리에이션이 빈약하군요.

"아니 아니, 무슨 말이냐. 저건 네가 준비한 지인이겠지? 같은 수에는 안 당한다."

"아뇨 아뇨."

"아니 아니."

온화하게 서로 견제하는 저희.

한편, 길 위에서 뒹구는 젊은 대부호는 쓸데없이 고급스러워 보이는 슈트를 몸에 걸치고, 그리고 쓸데없이 고급스러워 보이는 손목시계를 언뜻언뜻 내보이면서 이쪽을 바라보고 있었습니다.

"거, 거기 너희! 좀 도와주지 않겠어? 보다시피 다리에 쥐가 나 버려서 지금 움직일 수가 없어!"

그런 함정인 거죠?

알고 있습니다.

"사, 사례는 할 테니까! 부탁해!"

싫습니다.

홱, 시선을 돌리는 저.

"그 수법엔 안 당한다. 가짜 대부호 놈!"

흥! 하고 코웃음을 치는 루세라 씨.

저희의 반응은 냉담하기 그지없었습니다. 그러나 그것도 당연한 이야기이지 않을까요? 어차피 루세라 씨가 준비한 가짜 대부호가 틀림없으니까요.

"이런 이런, 너. 냉큼 철수시키는 편이 좋지 않겠느냐? 이대로는 감기에 걸릴 거다."

옆에서 그녀는 제게 그런 식으로 재촉을 했습니다만, 이것도 역시 연기일 것이 틀림없습니다.

"당신이야말로."

받아치는 저.

"이, 이 사람도 아닌 것들이이이이이이이이이!"

그러는 사이에도 소리치는 젊은 대부호.

그래서, 루세라 씨는 언제 그를 철수시키려는 걸까요?

힐끗 시선을 보내는 저.

"어서 하거라."

그녀도 또한 저를 바라보고 있었습니다.

서로 한 걸음도 물러서지 않는 조용한 공방. 길 위에서 비명을 지르는 젊은 대부호를 무시한 채 저희는 또다시 교착 상태에 빠졌습니다.

그리고 대략 이러한 상태에 빠졌을 때, 사태를 크게 바꾸는 사건이 벌어졌던 것입니다.

"―――괜찮으신가요?"

제가 깨달았을 때 그녀는 이미 그곳에 있었습니다.

쓰러진 젊은 대부호 앞에서 우산을 쓰고, 고개를 갸웃거리는 것은 흰 머리카락 쇼트커트의 소녀.

누군가 했더니 저의 친구 중 한 명.

"암네시아 씨……!"

였습니다.

그녀는 길 한쪽에 있는 저와 루세라 씨를 알아차리지 못하고 젊은 대부호의 발치에 몸을 웅크렸습니다.

아니 아니 암네시아 씨. 그거 루세라 씨가 준비한 가짜예요. 속지 마세요. 제가 입을 여는 것보다 빠르게, 그녀는 대부호의 다리를 통통 두드리며 "다리에 쥐가 났을 때는 스트레칭 같은 걸 하면 좋아요"라며 느긋하게 조언했습니다.

"오, 오오오…… 어쩐지 통증이 줄어든 기분이 들어…….”

"그거 다행이네요. 설 수 있으시겠어요?”

자, 여기요. 암네시아 씨는 젊은 대부호에게 손을 내밀었습니다. 대부호는 그 손을 잡았습니다.

"고, 고마워…… 그대는 친절하군……. 마치 천사 같아.”

"암네시아라고 합니다.”

"마이 엔젤…….”

"어라? 안 들린 건가……. 암네시아라고 하는데요…….”

"그대는 내 생명의 은인. 마이 엔젤이야.”

"뭔가 이상한 사람을 도와줬네…….”

쓴웃음을 지으면서도 그를 일으켜 세워주는 암네시아 씨.

그녀의 따뜻한 친절은 날씨마저 바꾸었습니다. 쉼 없이 쏟아지던 비는 돌연 그쳤고, 하늘은 맑아지고, 그리고 따뜻한 햇살이 쏟아졌습니다.

“어째선지 날이 개었다.”

“암네시아 씨 덕분이에요.”

“무슨 바보 같은.”

어리둥절해하는 루세라 씨.

한편 길 한가운데에서는 천사, 아니, 암네시아 씨를 뜨겁게 응시하는 젊은 대부호의 모습이 하나.

“그대는 아주 상냥해…… 저기 두 사람과는 다르게.”

“저기 두 사람?”

누구? 하고 고개를 갸우뚱하며 암네시아 씨는 이쪽을 바라보았습니다. 그러고서 저를 알아차리고 “아, 일레이나 씨다”라며 어리둥절한 표정을 지었습니다.

“안녕하세요, 안녕하세요.”

왠지 모르게 거북한 분위기를 느끼면서도 손을 흔드는 저.

젊은 대부호는 소리쳤습니다.

“저 두 사람은 터무니없이 못된 사람이야. 조심해, 마이 엔젤.”

“아니 제 이름은 마이 엔젤이 아닌데요…….”

“그나저나 정말로 덕분에 살았어. 그대 덕분에 내 목숨은 구원받았어.”

“아니 아니 그 정도는.”

아하하 하고 겸손한 태도를 보이는 암네시아 씨. 그러나 젊은 대부호는 말로 감사를 전하는 것만으로는 부족했나 봅니다.

품에서 돈다발을 꺼냈습니다.

“이건 감사의 마음이야. 받아줘.”

그 두께는 대략 백만 엔.

"네에에에에에에?! 아, 아니 아니 아니 아니……! 저, 다리를 두드려드렸을 뿐인데요."

이런 거 필요 없습니다! 하고 당황하는 암네시아 씨.

"사양하는 모습도 마이 엔젤……."

"전혀 의미를 모르겠어……."

"이 돈의 출처를 걱정하는 건가? 그거라면 문제없어. 나는 요제라고 하는데, 어느 단체를 운영하고 있는 덕분에 돈에는 궁하지 않거든."

"어느 단체?"

"그래. 생과 사에 관한 식견을 쌓기 위해 설립한 단체지."

"뭔가, 위험한 사람을 도와줘 버렸네……."

결국 그 후 요제라고 자신을 소개한 젊은 대부호와 암네시아 씨는 "받아, 받아" "아뇨 아뇨" 하고 한동안 서로 돈을 떠넘겼고, 결국 10만 엔을 건네는 것으로 합의했습니다.

"10만 엔도 받아주지 않는다면 우리 단체에 그대의 선행을 알리겠어."

"아, 그럼 받겠습니다."

그렇다기보다 반강제로 받게 했다고 말하는 편이 옳을지도 모르겠습니다만.

아무튼 그리하여 두 사람의 대화는 끝났고, 젊은 대부호는 뭔가 문이 위로 열리는 타입의 고급 외제차를 부릉부릉 해가며 돌아갔습니다.

저는 매우 놀랐습니다.

"설마…… 진짜 대부호였다니…….”

저는 분명 루세라 씨가 판 함정이리라고 생각했던 것입니다.

"크읏……! 아까운 짓을 했구나……!”

분한 감정을 드러내며 지면을 두드리는 루세라 씨.

의심암귀가 저희에게 커다란 후회를 안겼습니다.

저희가 더욱 냉정했다면.

조금 더 저희에게 선의가 남아 있었다면.

젊은 대부호를 도와준 것은 저희였을지도 모르는데————.

"……훗.”

그렇게, 이제 와 구시렁구시렁 해본들 어찌할 도리도 없습니다.

저와 루세라 씨는 서로 얼굴을 마주 보며 웃었습니다.

한 걸음 내디디자 따뜻한 공기가 저희를 감쌌습니다. 조금 전까지의 비가 거짓말이었던 것처럼 맑게 갠 하늘 아래, 나란히 걷는 저희의 얼굴은 매우 밝았습니다.

"아, 일레이나 씨.”

멍한 표정을 한 채로 이쪽을 향해 느긋하게 손을 흔드는 암네시아 씨.

그런 그녀의 어깨에 루세라 씨는 손을 올렸습니다.

"뭐, 이번에는 네게 승리를 양보하기로 하마.”

"당신은 누군가요?”

뒤이어 반대쪽에 저도 손을 올렸습니다.

"꽤 하는군요. 암네시아 씨.”

“일레이나 씨까지 뭔데?”

그렇게 저와 루세라 씨는 둘이 나란히 걸었습니다.

비 피하기는 끝났습니다.

저희가 지붕 아래에서 했던 추한 싸움도 또한, 끝났습니다.

“이 몸과 너, 이번에는 무승부라는 것으로 해두지.”

“저도 같은 말을 하려고 했습니다.”

그리고 저희는 “후후후후후……” 하고 뻔뻔하게 마주 웃었습니다.

저와 루세라 씨.

아무래도 저희는 아주 조금 마음이 맞는 것 같습니다.

○

다음 날의 일입니다.

“―――엣취!”

이불 속에서 재채기를 하는 미소녀가 한 명 있었습니다.

그것은 대체 누구일까요?

그렇습니다. 저입니다.

“정확하게 38도. 아무래도 감기네.”

그리고 옆에서 어이없는 표정을 짓고 있는 것은 나의 어머니.

참으로 한심하게도 어제의 비 피하기 탓에 저는 감기에 걸린 모양입니다.

“오늘은 학교를 쉬도록 하렴”이라는 어머니의 제안에 멍한 정신으로 고개를 끄덕이고, 그대로 침대 안으로 파고들었습니다.

암네시아 씨와 사야 씨에게도 쉰다는 소식을 메시지로 전한 후, 저는 SNS를 열었습니다.

왠지, 잠이 오지 않았기 때문에. 한가했기 때문에.

심심풀이로 저는 어제 만났던 그녀의 이름을, 검색란에 적었습니다.

그녀의 계정을 열었습니다.

최신 투고는 조금 전.

『싫어!! 이 몸 감기에 걸렸다만?!』

체온계 사진과 함께 침대에 드러누운 그녀가 "히잉!" 하고 울 것 같은 얼굴을 하고 있었습니다. 열은 정확히 38도. 아무리 봐도 감기입니다.

"…………."

아니…….

이런 부분까지 무승부일 필요는 없습니다만…….

학교 중정에 한 여학생이 있었습니다.

머리카락은 잿빛, 눈동자는 유리색. 걷는 그녀의 손에는 맛있어 보이는 빵 봉투가 하나. 지금 막 매점에서 사 온 것입니다.

"후후후…… 오늘 점심은 행복하기 그지없는 한때가 될 것 같네요."

흐뭇해하며 그녀는 봉투를 바라보았습니다.

수량 한정 크루아상.

매점에서도 드물게 취급하는 귀한 빵. 매일같이 그녀가 매점에 얼굴을 내비친 것도 오로지 이 크루아상을 위해서라 말해도 과언이 아닙니다.

그런고로 그녀는 더할 나위 없이 기분이 좋았습니다.

후후후 하고 웃으면서 봉투를 바라보는 얼굴은 행복으로 가득했습니다.

혹은 방심으로 가득하다고도 말할 수 있었습니다.

"————와아!"

중정에 있는 작은 연못 옆에 다다랐을 때의 일입니다.

미끄덩하고 그녀는 발이 미끄러졌고, 넘어지고 말았던 것입니다.

돌바닥 위에 엉덩방아를 찧는 그녀. 손에 들고 있었을 터인 빵 봉투는 그녀의 손에서 떨어져 빙글빙글 허공을 날았고, 빨려 들어가듯이 연못 속으로 퐁당 떨어지고 말았습니다.

“제, 제 빵이⋯⋯!”

알기 쉬울 만큼 행복에서 불행의 밑바닥까지 떨어진 그녀는 대체 누구일까요?

⋯⋯그렇습니다. 저입니다.

“그, 그런⋯⋯.”

연못을 들여다보니 빵이 수면에 둥실둥실 떠 있었습니다.

도저히 먹을 수 있을 것 같지 않습니다.

분하다⋯⋯.

“모처럼 기대하고 있었는데⋯⋯.”

대체 어째서 이런 일이⋯⋯. 저는 어깨를 축 늘어뜨리면서 연못으로 손을 뻗었고, 행복을 안겨줄 터인 빵에서 그저 불법 투기물로 변한 것을 회수했습니다.

먹을 수 없게 된 빵은 타는 쓰레기로 처리하면 될까요?

푹 젖은 비닐봉지를 바라보며 저는 한숨을 내쉬었습니다.

그러던 때였습니다.

“일레이나 씨⋯⋯ 일레이나 씨⋯⋯.”

연못 옆에서 저를 부르는 목소리가.

누군가요? 저는 시선을 그쪽으로 돌렸습니다.

서 있던 것은 숯 같은 검은 머리카락의 동급생.

“사야 씨.”

였습니다.

그러나 그녀는 자애 넘치는 표정을 지으면서 천천히 고개를 저었습니다.

"아뇨, 저는 사야가 아닙니다———."

"아니 사야 씨잖아요."

"나는 샘의 정령입니다———."

"여기 샘이 아니라 그냥 연못인데요."

"일레이나 씨, 지금, 샘에 물건을 떨어뜨렸죠?"

"무시입니까?"

"떨어뜨렸죠?"

"……뭐, 떨어뜨렸습니다만."

저는 탄식하면서 고개를 끄덕였습니다.

그러자 그녀는 양손을 스윽, 이쪽으로 들며 말했습니다.

"당신이 떨어뜨린 건, 이 『사야 씨와 데이트할 수 있는 티켓』인가요? 아니면 『사야 씨와 놀러 갈 수 있는 티켓』인가요?"

"아뇨, 맛있는 빵입니다만."

그보다 그거 양쪽 다 거의 같은 의미가 아닌가요?

축축해진 빵 봉투를 바라보면서 어이없어하는 저.

그리고 눈을 크게 뜨는 사야 씨.

"오오! 이 얼마나 정직한 분인가요!"

그녀는 스으윽 하고 제 쪽으로 다가오더니 양손에 들고 있던 티켓을 찰싹하고 제게 떠넘겼습니다.

"정직한 당신에게는 이 티켓을 전부 드릴게요!"

"어…… 필요 없어……."

"잘됐네요 일레이나 씨. 이걸로 언제든 어디서든 나랑 마음껏 데이트할 수 있어요."

"딱히 필요 없어…….."

제가 원하는 것은 빵입니다만…….

그보다 애초에 자주 같이 놀러 다니고 있지 않습니까.

"이런 거 썼다간 저희가 수상한 관계로 여겨질지도 모르니 됐습니다."

저는 고개를 저으면서 두 장을 한꺼번에 돌려주었습니다.

요컨대 거절입니다.

"흐음흐음, 그렇습니까."

강제로라도 떠넘기려나 했는데, 그녀는 의외로 간단히 다시 받아주었습니다.

"그나저나 일레이나 씨."

"네?"

"당신이 떨어뜨린 건 이『사야 씨를 하루 독점할 수 있는 티켓』인가요? 아니면『사야 씨가 무엇이든 소원을 하나 들어주는 티켓』인가요?"

스으윽 하고 새로운 티켓을 꺼내는 사야 씨.

"혹시 이거 무한 루프인가요?"

"오오! 이 얼마나 정직한 분인가요! 정직한 일레이나 씨에게는 이 티켓을 전부 드릴게요!"

"한 번 가지면 버릴 수 없는 저주의 아이템입니까?"

"잘됐네요 일레이나 씨. 이걸로 언제든 어디서든 나를 복종시킬 수 있어요!"

아니…….

"필요 없어……."

"어서 받으세요 일레이나 씨!"

"수취 거부하고 싶습니다만."

"이런, 소유권을 포기하실 건가요? 버리면 더 좋은 아이템으로 교환해버릴 건데, 괜찮으시겠어요?"

"이거 새로운 방식의 협박이나 뭐 그런 겁니까?"

한숨을 내쉬는 저와 눈을 반짝반짝 빛내며 압박하는 사야 씨의 대화는, 그 후 한동안 계속되었습니다.

며칠 후.

"그러고 보니 일레이나 씨, 지난번에 드린 티켓, 아직 안 쓰시나요?"

사야 씨를 하루 독점할 수 있는 티켓.

사야 씨가 무엇이든 소원을 하나 들어주는 티켓.

결국 저는 그 두 장의 티켓을 받았습니다만, 필시 쓸 기색이 없는 것을 이상하게 여긴 것일 테지요.

방과 후, 사야 씨는 저를 보며 고개를 갸우뚱했습니다.

"나는 만반의 준비가 되어 있어요! 자, 언제든 명령해주세요!"

언제든 명령해주세요라고 말한들.

"그거 이미 저한테 없는데요."

"네? 버린 건가요?"

스으윽 하고 자신의 품으로 손을 넣는 사야 씨.

"버렸다면 새 티켓을 준비해야겠네요."

"아니 아니, 버린 건 아니니까 됐습니다."

"네? 버리지 않았는데 가지고 있지 않다? 무슨 뜻인가요?"

그녀는 의아하다는 표정을 짓고 있었습니다.

바로 그때였습니다.

"―――어이, 사야. 있나?"

드르륵 하고 교실 문이 열렸습니다.

나타난 것은 실라 선생님.

그녀는 교실 한쪽에서 잡담을 나누고 있던 저희를 보더니 "오, 거기에 있었나" 하고 가볍게 손을 들었습니다.

"실라 선생님? 무슨 일이신가요?"라는 사야 씨.

"잠깐 너한테 부탁할 게 있는데. 지금 괜찮을까?"

"선생님……."

하아, 하고 눈을 가늘게 뜨면서 한숨을 내쉬는 사야 씨.

뭘 모르시네요 하고 표정으로 말하고 있었습니다.

"이 상황을 보고도 모르시는 건가요? 저, 지금, 자리를 뜰 수가 없거든요. 일레이나 씨랑 알콩달콩 하느라 바빠서."

"그러냐? 일레이나."

"전혀 그렇지 않습니다."

"그렇지 않다고 하는데."

그보다 어차피 한가하잖아? 라는 실라 선생님.

"한가하지 않아요!"

떼를 쓰는 어린아이처럼 뺨을 뾰로통하게 부풀리는 사야 씨.

"저는 지금부터 일레이나 씨랑 종일 함께 있지 않으면 안 될 예정이에요!”

“흐음. 그럼 이걸 쓰기로 할까.”

스윽—— 하고 실라 선생님은 품에서 두 장의 티켓을 꺼냈습니다.

사야 씨를 하루 독점할 수 있는 티켓.

사야 씨가 무엇이든 소원을 하나 들어주는 티켓.

그 두 장이 그녀의 손에 있었습니다.

“그래서, 둘 중 어느 쪽을 써야 네가 나를 도와주려나? 딱히 양쪽 다 써도 상관없지만.”

“어, 어째서 그걸 실라 선생님이……!”

으아아아 하고 놀라면서 사야 씨는 저를 보았습니다.

저는 그녀의 어깨에 손을 올리며 말했습니다.

“버릴 수 있을 것 같지 않아서 수요가 있을 법한 데 팔았습니다.”

예로부터 버릴 수 없는 아이템은 남에게 떠넘기는 게 제일이라고 시세가 정해져 있습니다. 다행스럽게도 사야 씨와 사이가 좋은 실라 선생님이 티켓을 원하시기에 무료로 드렸습니다.

“그럼, 내일 수업 준비를 도와주겠어? 사야.”

교실 안으로 들어와 사야 씨의 팔을 잡는 실라 선생님.

“저기, 잠깐만 기다려주세요 실라 선생님! 그 티켓은 일레이나 씨를 위해 준비한 거예————.”

“그럼 얼마나 일하게 해볼까.”

그리고 사야 씨는 실라 선생님에게 연행되어 갔습니다.

“안 돼애애애애애애애애애애애애애애애애애애애애애!”

자칭 샘의 정령인 사야 씨의 비명이 방과 후 학교에 메아리쳤
습니다.

"못 해먹겠답니다————."

어느 날 아침의 일입니다.

교실 바닥에 등을 대고 누워 있는 잘 모를 생물이 있었습니다. 머리카락은 흰색, 검은 리본을 한 롱헤어. 눈동자에 생기는 없었고, 팔다리에도 힘이 없었고, 몸에 힘이 없었습니다.

그것참 그녀는 대체 누구일까요.

그렇습니다. 아빌리아 씨입니다.

"대체 이 꼴은 뭔가요?"

저와 암네시아 씨가 불려 왔을 때는 이미 그러한 상태가 되어 있었습니다. 육지로 끌려 올라온 물고기입니까?

"어떻게 된 거니? 아빌리아……."

걱정하는 언니, 암네시아 씨.

저희를 여기로 데려온 미나 씨는 "등교 중에 이런저런 일이 있어서 이렇게 됐어"라고 설명했습니다.

이런저런 일?

"아빌리아 씨를 어떻게 괴롭힌 겁니까? 미나 씨."

"당신 나를 뭘로 보는 거야?"

꽁 하고 어깨를 맞았습니다.

아무래도 미나 씨가 직접적인 원인은 아닌가 봅니다. 그럼 대체 무슨 일이 있었던 걸까요?

"실은———."

그러고서 미나 씨는 힐끗 아빌리아 씨에게 시선을 보내면서도 말했습니다. 조금 전, 편의점에서 일어난 비극을———.

"와아! 미나 씨, 이것 보세요!"

아빌리아 씨와 미나 씨가 함께 등교하던 도중의 일입니다.

우연히 들른 편의점에서 아빌리아 씨의 눈동자는 갑자기 빛났습니다. "뭐야?" 하고 고개를 갸웃거리면서 시선 끝을 좇는 미나 씨.

거기에 있던 것은 크기가 양손으로 감쌀 수 있을 정도인 인형. 요즘 편의점은 애완물까지 진열하게 된 것일까요? 아니 아니 설마요.

『제비뽑기, 1회 2천 엔.』

아무래도 편의점에서 자주 하는 제비뽑기의 경품인가 봅니다. 인형 외에도 수건이나 잔, 접시 등의 경품이 전부 해서 수십 개 놓여 있었습니다.

참고로 아빌리아 씨가 뜨거운 시선을 쏟아붓고 있는 인형은 A상.

"갖고 싶다면 나중에 한 번 뽑아봐."

짐이 될 테니 하굣길에 다시 오면 되잖아 하고 담담하게 제안하는 미나 씨.

아빌리아 씨는 "그러네요" 하고 고개를 끄덕였습니다.

"뽑아볼게요. 지금."

"응…… 어? 지금?"

"미나 씨. 좋은 걸 가르쳐줄게요. 제비뽑기는 타이밍이 중요하답니다. 지금 뽑지 않으면, 어쩌면 다른 사람이 인형을 가져가 버릴지도 몰라요!"

"아니…… A상이고, 한 개밖에 없고…… 아마도 한동안은 괜찮을 거라고 생각하는데."

확률적으로 말하자면 그리 간단히 뽑을 수 있을 리가 없습니다.

그러나 본인이 하고 싶다고 한다면 막을 이유도 없습니다. 미나 씨는 고개를 끄덕였습니다.

"뭐, 그럼 운이 좋은지 나쁜지 시험 삼아 한 번 뽑아보든가."

"미나 씨."

"응."

"여기 내 용돈인 1만 엔이 있습니다."

"아빌리아?"

"그리고 제비뽑기는 한 번에 2천 엔입니다."

"응."

"즉, 다섯 번까지는 괜찮답니다."

"아빌리아?"

"괜찮답니다. 당첨된 시점에서 멈추면 1만 엔 전부 쓰게 되지는 않을 거랍니다."

미나 씨는 여기서 좋지 않은 기운을 느꼈습니다. 뇌리에 스쳐 지나가는 것은 "괜찮아! 적당히 하다 멈출 테니까!" 같은 말을 하면서도 가진 돈을 전부 쏟아붓고, 새하얗게 다 타버리는 글러먹은 인간의 모습.

“걱정하지 마세요. 나는 도박에 빠지는 어른들처럼은 안 될 거랍니다.”

아니 모두 그렇게 말하거든————하고 조용히 생각하는 미나 씨를 무시한 채, 아빌리아 씨는 제비뽑기권을 한 장 뽑아 계산대로 가져갔습니다.

“나, 해보는 겁니다————!”

그럼 여기서 1만 엔을 움켜쥔 아빌리아 씨와 제비뽑기의 처절한 싸움을 보도록 하시죠.

1회차.

『F상 티슈.』

“흐갸아아아아아아아아아아!!”

2회차.

『F상 티슈.』

“안 돼애애애애애애애애애애애애애!!”

이하 생략.

『F상 티슈.』

“……………………………………………….”

아빌리아 씨는 아무 말 없이 학교에 도착했습니다.

그리고 지금에 이르렀습니다.

“에헤헤헤헤…….”

모든 것을 포기한 표정으로 천장을 바라보는 아빌리아 씨.

그보다 새삼스럽지만 편의점 제비뽑기가 2천 엔이라니 상당히 비싸군요. 평소 보던 건 조금 더 적당한 가격으로 설정되어 있었다고 생각합니다만.

"나도 잘은 모르겠지만, 꽤 유명한 메이커와 콜라보 하는 제비뽑기라나 봐."

고개를 갸웃거리는 제게 미나 씨가 설명해주었습니다.

그런 거였습니까.

"……그래서, 아침부터 티슈를 끌어안고 등교하는 꼴이 되었다는 겁니까?"

참고로 티슈라고 해도 제비뽑기의 꽝 상품으로 자주 쓰이는 포켓 티슈가 아닙니다.

갑 티슈 200매×5세트입니다.

"아까부터 아빌리아 옆에 대량의 티슈가 놓여 있기에 뭔가 했더니만, 그런 거였구나."

먼눈을 하고 있는 아빌리아 씨의 옆으로 시선을 돌리는 암네시아 씨.

F상을 총 다섯 번 뽑았기 때문에 합계 스물다섯 개의 갑 티슈가 아빌리아 씨 근처에 쌓여 있었습니다. 마치 발주 수량을 실수한 업자 같았습니다.

"에헤헤…… 헤헤…… 티슈 잔뜩 있으니까 눈물이 나와도 괜찮답니다……."

천천히 일어나며 아빌리아 씨는 티슈를 손에 들고 코를 풀었습니다.

마음이 망가져버렸잖습니까…….

"이거 어쩌면 좋을까?"

어떻게 좀 해봐, 하고 저를 팔꿈치로 찌르는 미나 씨.

아니, 어떻게 좀 하라고 하신들…….

"솔직히 용돈을 함부로 써버린 아빌리아 씨의 자업자득인 면도 있으니까요……."

"에헤헤헤……."

아빌리아 씨는 그 자리에서 갑 티슈를 뒤적뒤적 뒤지면서 말을 뱉기 시작했습니다.

"아빌리아는 1만 엔을 들고 편의점에 심부름을 가서 200매짜리 티슈가 다섯 개 든 상자를 총 다섯 개 샀습니다."

"뭔가 계산 문제가 시작되었는데요."

"이때 흘린 눈물의 가격은 얼마일까요?"

전혀 계산 문제가 아니었습니다. 이 사람은 무슨 말을 하는 겁니까?

"정답은 프라이스리스입니다……!"

흥 하고 코를 푼 다음 그녀는 이어서 평범하게 분해하며 울었습니다. 이제 와서 후회해본들 반품은 불가능하고, 심지어 결과적으로 다른 사람이 인형을 손에 넣을 확률을 쓸데없이 높여버렸던 것입니다.

"이제 제비뽑기 같은 건 지긋지긋해요!"

그녀가 그렇게 생각하고 싶어지는 것도 무리는 아닌 이야기가 아닐까요?

"―――왠지 불쌍하네."

아빌리아 씨의 참상을 보고 난 후의 일입니다.

교실로 돌아가는 중에 암네시아 씨는 탄식하며 제게 말했습니다.

"아빌리아는 지금까지 제비뽑기 같은 거에 손을 댄 적이 없어."

"그렇습니까."

"오히려 볼 때마다『저런 거 당첨될 리 없으니까 해봐야 의미 없답니다』라고 말했던 것 같아."

"뭐, 하지만 갖고 싶은 게 제비뽑기 상품이면 손을 대고 싶어지기도 하겠죠."

저는 지금까지 그런 것을 만난 적이 없기 때문에 낭비하지 않고 넘어갔습니다만.

"……내가 대신 뽑아다 줄까."

"딱히 그렇게까지 해줄 필요는 없지 않을까요?"

얼마가 들지 모를 일이고요.

"으음…… 하지만, 지금 인터넷으로 조사해봤는데, 나 B상인 잔을 좀 갖고 싶어졌어."

에헤헤 하고 화면을 이쪽으로 보여주는 암네시아 씨.

귀여운 무늬의 잔이 공식 사이트에 실려 있었습니다.

즉 제비뽑기에 흥미를 느끼고 있는 것은 여동생을 위해서이자 자신을 위해서이기도 하다는 것인가요.

"군자금은 있습니까?"

꽤 비싼 제비뽑기 같던데요.

고개를 갸웃거리는 제게 암네시아 씨는 품에서 지갑을 꺼내 보여주었습니다.

"지금 이런 느낌."

"흐음흐음."

들여다보는 저.

………….

"저기, 2천 엔밖에 없는 것처럼 보입니다만……."

"이번 달에 좀 이것저것 많이 사버려서……."

"하아……."

잘도 그 지갑 속 내용물로 대신 산다느니 하는 말을 했군요…….

"잠깐, 일레이나 씨. 황당해하지 마."

"아니, 황당하지는 않습니다만."

"그, 그래……?"

"하지만 계획성은 없네요."

"역시 황당해하고 있잖아!"

정말이지! 하고 뺨을 부풀리는 암네시아 씨. 그러나 삐친 그녀에게는 미안한 이야기지만, 2천 엔으로는 제비뽑기 한 번이 한계.

그래서는 댁에 티슈가 쓸데없이 늘어날 뿐인 것이 아닌지?

"일단 말해두겠습니다만, 돈은 안 빌려줄 겁니다."

"딱히 빌려달라고 안 했거든."

선수를 친 제게 암네시아 씨는 키득 웃으며 답했습니다.

"아빌리아 대신 제비뽑기를 해주기 위해, 오늘 방과 후에 아르바이트를 좀 할까 해."

"아르바이트인가요."

“그래서, 구한 군자금으로 내일 방과 후에 다시 제비뽑기를 해
줄 생각이야!”

풀죽은 여동생의 모습을 보고만 있을 수 없었던 것일 테지요.

이리하여 마음씨 착한 암네시아 씨는 여동생을 위해 일어났던
것입니다————.

하루 만에 벌 수 있는 금액은 고작해야 수천 엔 정도일 것 같습
니다만…….

“일레이나 씨, 내일 방과 후를 기대하며 기다려줘!”

“네.”

그리고 다음 날 방과 후.

“일단 5만 엔 구했어.”

“네?”

봉투를 한 손에 들고 싱긋 웃는 것은 암네시아 씨.

분명 틀림없이 그 손에 있는 것은 5만 엔.

……5만 엔?

하루 만에?

………….

저는 암네시아 씨의 어깨에 손을 올렸습니다.

“자수해주세요…….”

“어째서?!”

대체 뭘 한 겁니까? 혹시 노인 상대로 고액의 상품을 강매한 겁
니까? 아니면 뭔가 절도라도 저지른 겁니까? 아무튼 좋지 않은
짓을 한 거죠? 그렇죠?

"아니, 저기, 평범하게 일해서 구한 급료니까 안심해. 일레이나 씨. 깨끗한 돈이야."

"정말인가요……?"

가늘게 뚱한 눈을 하는 저.

그러고서 그녀는 어제 방과 후에 한 아르바이트에 관해 소상히 이야기해주었습니다.

말하길 이러한 느낌으로 5만 엔을 벌기에 이르렀다고 합니다.

"잘 부탁드립니다."

평범하게 역 앞에서 티슈를 나눠주는 암네시아 씨. 어제는 아무래도 티슈를 나눠주는 아르바이트를 골랐나 봅니다. 정말이지 티슈와 인연이 깊은 자매로군요.

그건 제쳐두고.

"――――어라라? 뭔가 떨어져 있어."

아르바이트 도중에 암네시아 씨는 웅크리고 앉았습니다.

길 한가운데. 거기에 떨어져 있던 것은 지갑이었습니다.

"앗, 큰일이야!"

저라면 여기서『지구가 저의 집이니 즉 이건 집 안에 떨어져 있던 것이고 제 것인 셈입니다』라는 익센트릭한 해석으로 지갑을 품속에 넣었을지도 모릅니다만, 마음씨 착한 암네시아 씨는 아무래도 정직하게 주인을 찾아준다고 하는 선택을 했나 봅니다.

그대로 파출소로 향하는 그녀.

"오오! 그 지갑은 내 것일세! 자네가 찾아준 겐가!"

운이 좋게도 암네시아 씨가 찾아간 타이밍에 주인과 딱 마주쳤습니다.

이어서 초로의 남성은 정직한 그녀에게 크게 감사했고.

"꼭 답례를 하게 해주게. 자네에게 이걸 주지."

그리고 지갑 안에 있던 돈을 전부, 즉 5만 엔을 그녀에게 건넸던 것입니다.

해피엔딩.

"―――그런 경위로 5만 엔이 생겼어."

"그런 행운이……?"

평소부터 좋은 일을 하면 예상치 못한 행운이 찾아오는지도 모릅니다. 저도 보고 배워야겠습니다. 거짓말이지만요.

"뭐, 경위는 그래. 아무튼 돈은 구했으니, 이걸로 제비뽑기를 하러 갈 수 있겠어!"

기뻐하며 웃는 암네시아 씨.

그날은 희망으로 가득해 있었습니다.

5만 엔이 있으면 최대 스물다섯 번은 제비뽑기를 할 수 있으니, 그만큼 뽑으면 언젠가 A상을 뽑는 것도 가능할 테지요.

그런고로 저와 암네시아 씨는 곧바로, 통학로 도중에 있는 편의점으로 향했습니다.

다행스럽게도 아빌리아 씨가 벌렁 드러누웠을 만큼 갖고 싶어했던 A상 인형은 여전히 가게 안에 건재해 있었습니다.

그리고 암네시아 씨가 몰래 노리고 있는 잔은 하나 남아 있었습니다.

"……저거구나."

날카로운 시선으로 노려보는 암네시아 씨.

그녀는 이어서 저를 돌아보고.

"일레이나 씨, 보고 있어. 나, 인형과 잔을 두 손에 넣어 보일 테니까."

그리고 의기양양하게 뽑기권을 뽑아 걸음을 옮겼습니다.

그럼 여기서 암네시아 씨와 제비뽑기의 처절한 싸움의 기록을 보도록 하시죠.

1회차.

『C상 접시.』

"와아, C상이래. 일레이나 씨! 전조가 좋을지도!"

2회차.

『D상 수건.』

"귀여워! 평소에 쓸 수 있겠어."

3회차.

『D상 수건.』

"두 개 있으면 아빌리아랑 둘이서 쓸 수 있겠네!"

4회차.

『E상 코스터.』

"좋은걸! 잔이랑 세트로 쓰면 괜찮을지도!"

5회차.

『E상, 코스터.』

"아, 또 코스터네."

6회차.

『E상 코스터.』

"좀 많네."

7회차.

『E상 코스터.』

"……어라?"

8회차.

『E상 코스터.』

"……………………………………………………………………."

이하 생략.

『F상 티슈.』

"아하하……하하…… 마침 필요하던 참이었어……."

이상.

그리고 다음 날.

"―――못 해먹겠답니다."

"―――그러게."

교실 바닥에 벌렁 드러누워 있는 잘 이해되지 않는 생물이 늘어났습니다.

경위는 설명할 것까지도 없을 테지요.

"언니 쪽도 안 됐던 거구나."

나란히 천장을 바라보고 있는 암네시아 씨와 아빌리아 씨를 보면서 미나 씨는 한숨을 내쉬었습니다.

5만 엔이나 쓰면 잔이나 인형 한쪽은 구할 수 있으리라고 생각했습니다만————.

"현실은 혹독하네요……."

설마 양손에 다 들어오지 않을 거라고는 생각도 못 했습니다.

고작 이틀 만에 합계 6만 엔을 날려버린 백발의 자매는 얼굴에서 표정을 잃고 멍하니 천장을 바라보고 있었습니다. 이제 오늘 하루 아무것도 할 마음이 생기지 않는 것일 테지요.

"————집에 가고 싶답니다."

"————동감이야."

교실 구석에서 뒹굴뒹굴하는 두 사람.

매우 유감스럽게도, 오늘 아침 저희가 편의점에 갔을 때는 A상도 B상도 선반에서 자취를 감춘 상태였습니다.

암네시아 씨가 5만 엔을 다 쓴 후에, 누군가가 뽑았던 것입니다.

"————우으으으…… 인형이…… 갖고 싶답니다……."

"————잔 갖고 싶었는데……."

즉, 다시 말하자면 두 사람은 어디의 누군가가 A상과 B상을 뽑을 확률을 한결같이 계속해서 높여버렸다는 의미입니다.

정말이지 슬픈 이야기로군요.

저는 두 사람의 바로 옆에 웅크려 앉았습니다.

"……두 사람."

그나저나 다른 이야기입니다만, A상과 B상을 뽑은 행운의 인물은 대체 누구일까요?

"이거 받으세요."

그렇습니다. 저입니다.

스윽──────하고 두 사람의 머리맡.

커다란 인형과 귀여운 잔이 있었습니다.

"……?!"

두 사람은 놀라 눈을 크게 떴습니다.

"이, 일레이나 씨……?! 이거 뭔가요? 어떻게 된 건가요?!"

아빌리아 씨는 그 순간 고개를 들고 인형을 끌어안았습니다.

"어, 어느 틈에 뽑은 거야……?! 혹시 뭔가 나쁜 짓이라든가……한 건 아니지……?"

눈앞의 현실을 믿지 못한 암네시아 씨는 어쩔 줄을 몰라 했습니다.

아뇨 아뇨.

"사실은 우연히 제가 구했어요. 딱히 필요 없으니까, 줄게요."

저는 고개를 저으면서 별것 아닌 이야기를 했습니다.

어젯밤, 우연히 편의점에 갔더니 제비뽑기가 딱 두 개 남아 있었습니다. 그것도 A상과 B상만. 그렇다면, 하고 생각해 제비뽑기를 두 번 뽑아보았을 뿐입니다.

저는 딱히 필요 없으니 두 사람에게 주도록 하죠.

그런 변명을 했습니다.

기뻐하는 두 사람에게.

"…………."

그런 제 옆에서 쓴웃음을 짓고 있는 미나 씨에게.

어젯밤의 일을 돌이켜보죠.

암네시아 씨가 성대하게 5만 엔을 날린 후.

저는 다시 편의점으로 돌아갔습니다.

가게 안을 둘러보니 제비뽑기 판매 장소는 한산했고, 남아 있는 것은 A상과 B상과 그리고 그 외 몇 개. 총 일곱 개 정도.

그것참 아직 제법 남아 있군요.

저는 운을 시험해보는 정도로 제비뽑기를 했습니다.

"오오……."

그리고 멋지게, A상과 B상을 뽑는 데 성공했던 것입니다. 이 얼마나 운이 좋은지. 역시 평소의 행실이 좋기 때문일까요?

저는 기분 좋게 가게를 뒤로했습니다.

"———뭐 하는 거야?"

"움찔."

누군가가 말을 걸어온 것은 그렇게 편의점에서 나온 직후였습니다.

경품이 담긴 봉투를 순간적으로 등 뒤로 감추며, 저는 돌아보았습니다. 누구인지는 목소리로 알았습니다.

"미나 씨."

그녀는 제 부름에 "응" 하고 고개를 끄덕이면서도 "이런 시간에 뭐 하는 거야?"라고 다시 물었습니다.

"당신이야말로 뭘 하고 있나요?"

"한가해서 주스 사러 왔을 뿐이야."

"그런가요."

"응."

©necömi

짧게 대꾸하는 미나 씨. 그녀는 이어서 "일레이나는 뭘 산 거야?" 하고 목을 쭉 빼고 제 등 뒤를 들여다보았습니다.

"아뇨, 딱히."

그렇게 변명 같은 말을 하면서 봉투 속 내용물을 감추려 했습니다만, 크기 면에서도 양 면에서도 간단히 감출 수 있을 만한 것은 아니었습니다.

봉투 속에는 경품이 담겨 있었습니다.

A상, B상, 그리고 몇 개의 경품이—— 총 일곱 개 정도, 담겨 있었습니다.

그녀는 쓴웃음을 지었습니다.

"착하네."

무슨 말을 하나 했더니만.

저는 어깨를 으쓱인 후.

검지를 자신의 입술에 대고, 말했습니다.

"우연히 구했을 뿐입니다."

제12장

여러분, 안녕하세요. 사야입니다.

갑작스럽지만 여러분은 동서고금의 러브 코미디에 있어 오래전부터 사용되고 있는 양식미————옷을 갈아입는 도중에 방에 들어오는 그것을 아십니까?

네? 모르신다고요?

어쩔 수 없군요. 그럼 내가 방식을 간단히 설명해드리죠.

————옷을 갈아입는 도중에 방에 들어오는 그거의 방식.

1, 우선 빈 교실과 어떠한 사정으로 옷을 갈아입을 필요가 있는 여고생을 한 명 준비합니다.

2, 빈 교실에서 옷을 갈아입고 있을 때 또 한 명의 학생이 무심코 들어옵니다.

3, 그만 옷 갈아입는 모습을 보이고 허둥지둥하는 전개로.

4, 이러저러하여 폴 인 러브.

네.

대략 이런 느낌입니다. 동서고금의 러브 코미디에 있어서 이러한 전개는 오래전부터 쓰여서 이미 손때가 반질반질. 아무튼 친숙한 전개라고 할 수 있을 테지요.

그리고 때때로 이러한 전개에 빠진 두 사람은 이후 결투를 하게 되거나, 혹은 우여곡절을 거쳐 맺어지는 전개가 될 수 있는 것입니다.

러브 코미디에 자주 나오는 그거: 옷을 갈아입는 도중에 방에 들어오는 거

　이러한 것을 예에 따라 신뢰와 실적의 참고 문헌(러브 코미디
책)에서 배운 나는, 한 가지 번뜩였습니다.
　이것을 나와 일레이나 씨가 했을 경우, 과연 어떠한 일이 일어
날까요. 상상해보죠. 이매진.

　“그것참, 청소 중에 양동이가 뒤집어져서 쫄딱 젖었어요.”
　엣취, 하고 빈 교실에서 재채기를 작렬시키는 나. 겉옷을 벗고,
개고, 툭 그 옆에 놓았습니다.
　당연하게도 갈아입을 옷을 학교에 가져오지는 않았습니다.
　다행히, 청소 후에는 집에 돌아갈 뿐. 생활에 있어서 아무런 지
장은 없지만, 귀갓길을 체육복 차림으로 걷는 처지가 되리라는
것은 확정이라 나는 한숨을 내쉬었습니다.
　그러던 때의 일입니다.
　드르륵.
　문이 열렸습니다.
　그리고 문 너머에서 불쑥 나타난 것은 일레이나 씨.
　“흐아아.”
　그녀는 입을 떡 벌리고 굳어졌습니다.
　이게 어떻게 된 일인가요! 나는 깜빡하고 문을 잠그지 않았던
것입니다!
　“꺄아! 일레이나 씨 응큼해!”
　그리고 어찌어찌하여 일레이나 씨는 나의 옷 갈아입는 모습을
엿보고 만 것에 책임을 지기 위해 이것저것 여러 가지를 하는 처

지가 되고, 그러고서 우여곡절 끝에 골인.

"너무 완벽해……."

촤아아아아아아아악, 하고 머리부터 물을 뒤집어쓰면서 나는 중얼거렸습니다.

이 얼마나 완벽한 작전인가요. 이미 내 머릿속에서는 일레이나 씨와 마이 홈을 구입하러 가는 부분까지 이야기가 진행되었습니다.

그럼 빈 교실에서 옷을 갈아입기로 하죠————.

○

"엣취."

언니가 블레이저를 벗으면서 재채기를 했습니다.

와아 귀여운 목소리, 같은 생각을 하고 있을 때가 아니었습니다. 나는 "괜찮아요?" 하고 걱정하며 수건을 내밀었습니다.

"응, 고마워. 아빌리아."

"아뇨 아뇨, 애초에 내가 잘못한 거랍니다."

미안해요 하고 고개를 숙이는 나.

종례 직전, 청소 시간에 그만 실수로 계단 근처에서 발이 걸려 비틀거렸고, 양동이를 내던지게 되었던 것입니다.

그리고 운 나쁘게도, 그때 마침 언니가 계단을 올라왔습니다. 양동이는 그야말로 빨려들 듯이 언니 머리 위로 쏙 낙하. 그 결과 언니는 온몸 침수가 되어버렸던 것입니다.

어쩔 줄 몰라 허둥대면서 나는 빈 교실까지 언니를 데려왔고, 지금에 이르렀습니다.

"그래도 아빌리아가 다치지 않아서 다행이야."

젖은 몸을 수건으로 닦으면서 언니는 명랑하게 웃었습니다. 너무 눈부셔…….

"언니…… 이번 일의 책임을 지기 위해 나는 평생 언니를 따르겠어요……."

"지, 지나친데……."

그렇게 마음 쓰지 않아도 돼. 언니는 어이없다는 투로 말했습니다.

"아뇨 아뇨, 그럴 수는 없답니다. 언니한테 폐를 끼치게 되다니……. 여동생의 불명예랍니다."

"여동생의 불명예라니 그게 뭐야?"

어이없어하는 언니.

"아무튼 오늘은 이제 집에 돌아가기만 하면 되니까, 체육복으로 갈아입을게."

말하면서 가방에서 꺼낸 것은 체육 수업 시간에 입는 체육복. 후욱 좋은 냄새가 감돌았습니다.

"웃…… 우으…….."

그리고 깨닫고 보니 나는 눈물을 흘리고 있었습니다.

"아, 아빌리아……?"

가, 갑자기 왜 그래……? 하고 걱정스레 나를 들여다보는 언니.

나는 답했습니다.

"언제 어떠한 경우에도 언니는 예쁜 모습으로 있어 줬으면 좋겠어요. 체육복 차림으로 집에 가다니 언어도단이랍니다!"

덥석 하고 옷을 갈아입는 중인 언니의 어깨에 손을 올리는 나.

"저기…… 나 옷을 갈아입고 싶은데……?"

"아뇨, 체육복 따위는 안 된답니다. 언니."

홱! 하고 언니에게서 체육복을 몰수하는 나.

"뭐어?"

"역시 이건 다른 의상으로 하죠!"

"다른 의상이라니 뭔데?"

당황하는 언니.

나는 내 가방에서 의상을 홱! 꺼내면서 말했습니다.

"이거랍니다!"

메이드복!

"어째서 그런 걸 가지고 다니는 건데?"

"뭐, 사소한 건 무시하세요. 언니."

"전혀 사소하지 않은 것 같은데."

"아무튼 이걸 입어주세요! 언니! 이걸 입고 함께 돌아가요."

"아니 체육복 차림 쪽이 나은데————."

"사소한 건 무시하세요. 언니."

"그러니까 전혀 사소하지 않다고!"

싫어하는 언니.

나는 쭉쭉 메이드복을 떠밀었습니다. 아마도 이때의 나는 나름

대로 형형한 눈을 하고 있었던 것 같습니다만, 이것도 체육복 차림으로 귀가 같은 부끄러운 체험을 언니에게 시키지 않기 위해서입니다. 어쩔 수 없습니다.

"할 수 없네……."

결국 언니는 내 요청에 응해 메이드복을 받아 들어주었습니다.

하지만, 그러나.

"아, 어라……?"

치마를 입고, 블라우스에 팔을 꿰고 단추를 잠그기 시작했을 때 언니의 움직임이 멈추었습니다.

"가슴께가…… 좀 작을, 지도."

"……!"

이 무슨 일인가요. 나를 위해 준비한 메이드복(그러고 보니 가슴께가 좀 끼는 것 같습니다!)이 언니에게는 맞지 않았나 봅니다(내 사이즈에도 맞지 않았습니다!).

이것은 묵과할 수 없는 사태.

이대로는 언니가 메이드복을 어중간하게 입은 채 학교를 나서야만 합니다. 그런 파렴치한 전개, 나는 허용할 수 없습니다.

"언니, 힘내세요! 기합을 넣으면 입을 수 있을 거랍니다!"

쭈우욱, 하고 단추에 손을 대는 나.

"그, 그런 말을 한들 끼는걸……."

"안 껴요!"

"아니, 너무 잡아당기지 말아 줄래……? 메이드복, 찢어지겠어."

"괜찮답니다! 나한테 맡겨주세요!"

쭈우우우욱, 하고 무리하게 잡아당기는 나.

그나저나 다른 이야기입니다만, 이런 상황을 누군가가 본다면, 나는 대체 무어라 설명하면 좋을까요.

그런 생각에 이르렀을 때의 일입니다.

드르륵.

교실 문이 갑작스레 열렸습니다.

그 너머에 있던 것은 사야 씨.

"엑!"

그녀는 우리를 보며 아연실색했습니다.

사고가 완전히 정지되고, 머릿속이 새하얘진 것을 단번에 알 수 있었습니다.

"…………."

그리고 사야 씨의 상태를 냉정하게 바라보면서, 나도 또한 평정을 되찾았습니다.

빈 교실. 메이드복을 입고 있는 언니. 단추에 손을 대고 있는 나.

……대체 우리는 무얼 하고 있는 걸까요.

"…………."

우리는 둘이 동시에 얼굴을 새빨갛게 붉히고 고개를 숙였습니다.

사야 씨에게는 이상한 오해를 사고 만 모양입니다.

"시, 실례했습니다……."

드르륵.

그녀는 아주아주 작은 모기 목소리로 중얼거리면서, 천천히 문을 닫았습니다.

으아아.

"자, 자자자잠깐만 기다리세요!"

결국 오해가 풀릴 때까지 그 후 우리는 상당한 시간을 들여야만 했습니다.

○

평소와 같은 통학로를 걷는 미소녀가 한 명 있었습니다.

그것은 대체 누구일까요?

그렇습니다. 저입니다.

"오늘은 평소랑 상황이 다르네요."

통학로 도중. 저는 고개를 갸웃거렸습니다.

평소 이 시간대라면 대체로 학교 근처에서 암네시아 씨, 아빌리아 씨. 그리고 사야 씨, 미나 씨. 네 사람과 합류하게 됩니다만.

"안녕하세요."

"안녕."

오늘은 아빌리아 씨, 그리고 미나 씨. 두 사람뿐.

과연 이건 대체 어떻게 된 일인지?

"두 사람, 언니들은 어떻게 했나요?"

혹시 두고 온 겁니까? 자매끼리 싸운다든가 뭔가 있었던 겁니까?

저는 걱정했습니다만, 두 사람은 동시에 고개를 저으며 답했습니다.

"감기 걸렸어." "감기에 걸렸답니다."

라고.

“감기, 인가요…….”

뭐, 겨울철 추위가 매섭기는 하죠.

“두 사람 다요?”

“응.” “그렇답니다.”

“하지만 어제까지는 건강해 보였던 것 같은데요.”

원인은 대체 뭔가요?

“머리부터 물을 뒤집어썼대.” “머리부터 물을 뒤집어썼답니다.”

“오호라 과연.”

전혀 이해되지 않는 이유로군요.

“두 사람 다요?”

“응.” “그렇답니다.”

“그렇습니까…….”

두 사람 다 무슨 짓을 하고 다니는 겁니까?

어이없어하면서 저는 오늘도 평소처럼 학교로 향했습니다.

마녀의 여행
SCHOOL STORY
OF WANDERING WITCHES
학원 이야기

나는 당신을 지켜보는 이.

언제나, 어디서나, 등교부터 하교까지, 아침부터 밤까지, 나는 언제나 당신을 지켜보고 있다.

당신은 꽃.

황야에 핀 아름다운 꽃.

결코 꺾이는 일 없이, 고고하게 계속 피어 있는 아름다운 꽃. 모두가 당신의 아름다움을 안다. 화창한 날도, 비 오는 날도, 폭풍이 오는 날도, 당신의 아름다움은 언제고 변함없다. 내게 있어 유일무이한 존재.

그러나 아름다움은 이윽고 쇠하는 법.

꽃은 시드는 법.

나는 당신의 아름다움이 남모르게 사라지는 것을 견딜 수 없다.

그러니 적어도 지기 전에 내가 당신을 꺾어, 말려 드라이 플라워로 만들고, 유리병에 넣고, 오일을 담아, 아주아주 아름다운 하바리움으로 만들고 싶다.

그리하여 오래도록 당신을 언제나 곁에 두고 싶다.

나에게는 당신이 전부니까.

그래서, 그 아름다운 꽃이란 대체 누구일까요?

그렇습니다. 저입니다.

“와아⋯⋯.”

아침의 일입니다.

신발장 앞에 선 저를 맞이해준 것은 이러한 기묘한 한 통의 편지였습니다.

열어보니 그러한 내용의 편지와 그 옆에 ‘너를 이렇게 해줄게’라고 말하고 싶은 듯한 하바리움이 하나 놓여 있었습니다. 아마도 수제. ‘일레이나 님에게’라고 분명하게 쓰여 있었습니다.

아무튼 아무래도 저는 아침부터 편지를 받고 만 모양입니다.

이런 이런 인기 많은 여성은 괴롭군요.

“일레이나 씨, 왜 그러시나요?”

불쑥 옆에서 고개를 들이미는 사야 씨.

저는 말했습니다.

“뭔가, 협박장이 와서요.”

러브레터 종류라면 몰라도, 위해를 가하겠다는 뜻을 적은 편지를 받는 것은 처음입니다만.

정말로, 인기 많은 여성은 괴롭군요!

“우와아⋯⋯ 이 녀석 상당한데요⋯⋯.”

교실에 도착한 직후에 저는 예의 그 편지를 사야 씨와 암네시아 씨, 두 사람에게 보여주었습니다.

저는 협박장이라고 생각합니다만, 틀림없겠지요?

“뭐야? 이 편지⋯⋯ 무서워⋯⋯.”

고개를 끄덕이는 암네시아 씨.

“꽃이 지기 전에 드라이 플라워로 만들고 하바리움을 만들겠다니, 이거 요컨대 범행 예고잖아요. 이거 매드 하고 위험한 사고 회로를 가진 학생인 게 틀림없어요.”

사야 씨는 창백한 안색으로 동의했습니다.

역시 협박장이었나요.

“하지만 대체 어째서……? 저, 누군가에게 원한을 살 만한 일을 했던가요……?”

평소의 언동을 돌아보는 저.

뇌리에 떠오르는 것은 너무나도 아름답고 눈부신 미소녀. 모두가 부복하고, 설령 조금 그레이 한 짓을 해도 “뭐 귀여우니 됐지!”라며 넘어가는, 제게 있어 상당히 편한 세상.

아니 이린 세싱에서 제가 원한을 사다니.

“없을 거라고 생각하는데요…….” 격렬하게 동의하는 사야 씨.

“그렇죠?” 고개를 끄덕이는 저.

“이따금 있을 것 같다고 생각하는 건 나뿐인가 보네.”

그런 저희를 암네시아 씨는 어색한 표정으로 바라보고 있었습니다.

그건 제쳐두고.

협박장의 내용으로 보아, 저를 좋은 아침부터 잘 자요까지 감시하고 있는 것 같습니다만…….

“하지만 확실히, 돌이켜보면 최근 들어 누군가에게 감시당하고 있는 듯한 시선을 때때로 느끼거든요…….”

혹시 그 시선의 주인이 협박범인 걸까요?

흐음 하고 생각에 잠기는 저를 보며 사야 씨는 고개를 갸웃거렸습니다.

"이상하네요…… 제가 평소 지켜본 바로는, 수상한 인적이 일레이나 씨의 뒤를 쫓아다니는 느낌은 없었는데요."

"그런가요…….”

"일레이나 씨가 엄청난 대사를 무시했어."

사야 씨, 뭐 하고 다니는 거야…… 하고 눈을 가늘게 뜨는 암네시아 씨.

사야 씨가 감지하지 못할 만큼 멀리서 감시하고 있다는 것일까요?

아무튼 한동안은 조심하는 편이 좋을 것 같군요.

꺾여서 오일에 절여지는 건 사양이니까요.

"일단 앞으로 당분간 일레이나 씨를 꼼꼼하고 끈질기게 지켜볼게요!"

"부탁하겠습니다."

"저기, 범인은 사야 씨인 거 아냐?"

이리하여 저희 세 사람의 아침은 느긋한 분위기인 채로 시작되었습니다.

○

여러분, 안녕하십니까.

제 이름은 프리실라.

고등학교 1학년.

하지만 지금은 2학년 교실 앞에 있습니다. 학생에게 있어서는 한 학년 위의 교실은 웬만한 일이 없는 한은 들여다볼 일이 전혀 없다고 할 수 있을 테지요. 모르는 선배에게 "어이 어이 이 자식 뭐야" 하고 시비에 걸리기라도 하면 큰일이니까요. 그래서 웬만한 사정이 없는 한은 들여다보는 일 따위 하지 않습니다. 하지만 바꿔 말하자면 저에게는 상당한 사정이 있다는 뜻입니다.

여러분은 연문이라는 것을 아시는지요?

연문!

그것은 마음에 둔 사람에게 보내는 편지이며, 순수하고 단순한 사랑을 전하는 글이며, 소녀 안에 감춰둔 마음의 크기를 전부 맞부딪치는 하나의 수단.

이번에 저는 이 교실 안에 계신, 어느 분에게 연문을 적었습니다.

그리고 답장을 기다리지 못하고 교실까지 들여다보러 오고 말았습니다.

가만히 제가 바라보고 있는 곳에는 학우에게 둘러싸여 난처한 표정을 짓고 있는 아름다운 그분의 모습이.

일레이나 님.

언니.

제가 진심으로 동경하는 그녀의 모습이 있었습니다.

그리고 그녀는 "하아……" 하고 아름다운 한숨을 내뱉은 다음에 말씀하셨습니다.

"그나저나, 곤란하네요……. 설마 아침부터 협박을 당하다니."

……협박?

어머나 큰일! 언니께서 협박을 받으셨다고요? 대체 어디의 누구에게? 용서할 수 없어요! 세상에서 가장 아름다운 언니를 곤란하게 만들다니! 아아, 하지만 곤란한 표정도 프리티 해요! 그나저나 대체 누가 언니를 곤란하게 만든 건가요? 용서할 수 없어요. 진짜 열받네요.

분노와 당혹감이 뒤섞인 표정으로 저는 언니의 모습을 살폈습니다.

자, 언니. 제게 범인에 관한 걸 알려주셔요! 제가 날려버리고 오겠어요.

지켜보는 저.

언니는 "하아……" 하고 한숨을 내쉬면서.

"일단 범인은 꽃을 좋아하는 게 틀림없어요."

그렇게 말하며 편지를 들어 올렸습니다.

어머나 깜짝이야!

그것은 오늘 아침에 언니의 신발장에 집어넣은 저의 편지지와 똑같았던 것입니다. 범인인 주제에 센스가 좋지 않은가요.

"그리고 하바리움을 좋아한다는 것 정도밖에는 단서가 없네요"라고 말씀하시는 언니.

어머나 깜짝이야!

그녀가 손에 든 하바리움은 그야말로 제가 오늘 아침에 언니께 건넨 것과 똑같았던 것입니다. 정말이지 센스가 좋군요.

"하지만 이 협박장, 읽으면 읽을수록 의미를 모르겠네요."

중얼거리는 언니.

어떤 내용인가요?

"저를 하바리움으로 만들고 싶다니 대체 무슨 의미일까요? 어떤 비유일까요?"

………….

으응?

"뭐, 이 편지를 보낸 사람이 제 적이라는 것만큼은 틀림없어 보이지만요."

무섭네요 하고 질린 모습으로 한숨을 내쉬는 언니.

………….

어머나 깜짝이야!

"━━━그런고로 오늘 아침 제가 쓴 연문이 협박장이 되어버렸어요."

저는 1학년 교실로 돌아오자마자 상황을 담담하게 설명했습니다.

이야기를 들어준 것은 같은 반 친구 두 명.

미나 씨와 아빌리아 씨였습니다.

언니와 자주 함께 있는 친구들━━━의 동생들에게 제가 현재 끌어안고 있는 문제를 전달하면 해결로 이끌어주리라 여겼던 것입니다.

설마 연문이 협박장으로 오해받다니!

아직 언니와는 이야기를 나눠본 적이 없기 때문에, 친구 사이부터 부탁한다고 요청할 셈이었는데!

비통한 속마음을 저는 밝혔습니다.

그런 제게 보인 두 사람의 반응은 다음과 같았습니다.

"바보야?"

"바보인 겁니까?"

뭔가요?

저의 필사적인 설명에 두 사람은 매우 냉담한 반응을 보였습니다. 그것은 마치 극한 그 자체.

미나 씨에 이르러서는 "그보다, 그런 사람의 어디가 좋은 거야?"라고 고개를 갸웃거리고, 아빌리아 씨는 "우리 언니가 더 귀엽답니다"라며 잘 이해할 수 없는 말씀을 하셨습니다.

언니의 매력을 모르다니!

어머나 깜짝이야!

"아무래도 이건, 제가 언니를 사랑하게 된 경위부터 설명할 수밖에 없겠네요."

"아니 딱히 안 물어봤는데." "우리 언니가 더 귀엽답니다."

"조용히 하세요!"

아무튼 저는 두 사람에게 말했습니다.

저와 언니의, 시작의 이야기를————.

그것은 지금으로부터 1년 정도 전의 일.

당시 중학교 3학년이었던 저는 근처 도서관에서 공부를 하고 있었습니다. 도서관은 사람이 적고 차분하잖아요? 제게는 마음의 오아시스 같은 곳이었습니다.

그러나 그런 일상도 오래 이어지지는 않았습니다————.

“나, 마술사로서 먹고살려고 해.”

“형님, 마음이 맞는걸! 실은 나도 마술사가 돼서 먹고살려고 생각했거든.”

정신 사납게 소란을 피우는 잘 알 수 없는 남자 2인조가『초보자도 할 수 있다! 마술』코너에 진을 치고 있었습니다. 정말이지 어찌나 시끄럽던지. 도서관 안에서는 조용히 하라는 벽보가 그들에게는 보이지 않는 건지도 모릅니다. 이 얼마나 통탄스러운 일인가요.

저의 오아시스는 순식간에 메마른 사막으로 모습을 바꾸었습니다. 괴로워. 이런 곳에 계속 있고 싶지 않아. 그러나 주의를 줄 용기도 없어 저는 그저 고개를 숙이고 공부를 계속했습니다.

그러던 때의 일이었습니다.

“시끄럽네…….”

중얼.

어디선가 속삭이는 목소리가 하나, 도서관 안에 울려 퍼졌습니다.

조용하게 속삭이는 목소리. 그러나 확실하게 꽂히는 듯한 그 목소리는 명백하게 마술 코너에 진을 치고 있는 두 사람을 향하고 있었습니다.

그들은 곧바로 서로 얼굴을 마주 보고 입을 다물었습니다. 주변에 폐가 되었다는 사실이 부끄러웠던 것일 테지요.

그나저나 목소리는 대체 어디에서? 고개를 드는 저.

"……!"

그때 저는 보았습니다.

제 자리에서 조금 떨어진 곳에서 조용히 독서하고 있던 일레이나 님―――언니의 모습을!

"………."

그녀는 저와 눈이 마주치자 이쪽으로 윙크를 해주었습니다.

분명 공부하고 있는 제게 방해가 되지 않도록 배려해준 것일 테지요. 지금도 저는 그 얼굴을 잊지 못합니다.

그녀는 제 오아시스를 되찾아준 은인입니다.

고로 저는 그날부터 언니를 진심으로 존경하게 되었습니다―.

이상입니다.

그런 저와 언니의 운명적인 이야기에 두 사람이 보인 반응은 다음과 같았습니다.

"얄팍해."

"그런 걸로 반하기도 하나요?"

아무렇지 않게 무시했습니다.

뭔가요?

"정말이지! 제가 언니를 좋아하게 된 경위는 어찌 되든 상관없잖아요!"

"우리는 애초에 묻지도 않았는데." "프리실라가 멋대로 말한 거랍니다."

어머나 실례. 그랬었나요.

하지만 그런 사소한 건 어찌 되든 상관없습니다!

"아무튼 저, 이대로는 언니에게 미움을 받고 말 거예요!"

그런 결말은 견딜 수 없습니다!

그런 연유로 두 사람에게는 언니가 오해하고 계신 거라는 걸 은근슬쩍 전해주기를 부탁했습니다. 신발장에 넣어둔 것은 협박장이 아니라 연문이라고 알려주었으면 합니다.

가능할까요?

저는 이러저러하고 설명했습니다.

설명한 결과 미나 씨는 고개를 갸웃거렸습니다.

"의문인데."

"뭐가요?"

"프리실라는 일레이나랑 이야기해본 적 있어?"

어리석은 질문이로군요!

"아름다운 꽃은 바라보는 겁니다."

"없구나."

"이야기해본 적이 없어도 저는 언니가 어떤 사람인지 알고 있어요."

그보다 평범하게 입학해서 오늘에 이르기까지 긴장한 나머지 제대로 대화 같은 건 할 수 없었습니다. 멀리서 바라보는 것만으로도 벅찼습니다. 이번 연문은 그런 저의 일생일대의 대고백이라 할 수 있었습니다.

"뭐, 사정은 대충 알았답니다."

이런 이런 하고 미나 씨의 옆에서 어깨를 으쓱이는 것은 아빌리아 씨.

"일단 저와 미나 씨 둘이서 오해를 풀어드리면 되는 건가요?"

어머! 참으로 말이 통하는 분입니다.

감격하면서 저는 "부디 제발!" 하고 부탁했습니다.

"어째서 나까지……."

말려들고 만 미나 씨는 지긋지긋해했습니다만, 그런 그녀에게도 아빌리아 씨는 말했습니다.

"친구가 난처한 상황이면 도와주는 게 당연하답니다."

"아빌리아 씨……."

감격하는 저.

아빌리아 씨는 에헴 하고 가슴을 펴면서 말했습니다.

"그대여, 친구나 지인이 어려움에 처했을 때는 망설이지 말고 손을 내밀어라. 이것이 바로 우리 언니의 가르침이랍니다."

"위인 같은 말씀을 하시는군요."

"위인이랍니다."

"단언했어……."

아마도 아빌리아 씨에게는 언니가 그런 식으로 보이는 것일 테지요. 어떤 의미에서는 저와 동류로군요. 심퍼시를 느낍니다.

"그런고로 미나 씨. 지금부터 둘이서 일레이나 씨한테 가죠."

자리에서 일어나면서 미나 씨의 손을 쭉 잡아당기는 아빌리아 씨.

"어쩔 수 없네……."

이런 이런 하고 성가시다는 듯이 미나 씨도 역시 자리에서 일어났습니다.

그리고 두 사람은 저를 남겨두고 교실을 뒤로했습니다.

감격입니다.

"역시 친구는 있고 볼 일이네요."

저는 기도하며 두 사람이 돌아오기를 기다렸습니다.

그리고 대략 5분 후의 일입니다.

"돌아왔답니다."

"…………."

두 사람이 다시 교실에 모습을 드러냈습니다.

그런데 대체 어째서일까요? 나란히 서 있는 두 사람은 모두 표정이 매우 험악했고, 미나 씨에 이르러서는 뺨이 살짝 붉게 물들어 있었습니다.

대체 무슨 일이 있었던 건가요?

"……어땠, 나요?"

주저주저하며 묻는 저.

"사실은———."

아빌리아 씨는 난처한 기색으로 힐끗 미나 씨 쪽을 바라보며 말하기 시작했습니다.

그럼 여기서 두 사람이 교실로 간 후의 일을 아빌리아 씨의 이야기로 재현해보죠.

말하길 이러한 일이 있었다고 합니다.

"실례합니다!"

드르륵 하고 교실 문을 여는 아빌리아 씨.

미나 씨와 함께 2학년 교실로 향한 그녀를 언니는 "아아, 어서 와요" 하고 맞아주었고.

"무슨 용건이라도?"

그렇게 물었습니다.

그런 그녀의 책상에는 제가 보낸 편지와 하바리움이 하나.

"그 편지에 관해 이야기하러 왔는데."

미나 씨는 냉큼 이야기를 끝내기 위해 바로 본론으로 들어갔다고 합니다.

"그거, 협박장이 아니야. 러브레터거든. 오해하지 마."

단도직입, 간단명료.

언니의 머리를 복잡하게 했던 문제를 단 한마디로 미나 씨는 해결.

―――한 것처럼, 보였습니다.

"네?"

그러나 이상하게도 언니는 미나 씨의 말에 상당히 미심쩍다는 표정을 지었다고 합니다.

대체 어째서?

러브레터라는 사실을 전했으니 그것으로 충분하지 않은지? 서로 마주 보는 미나 씨와 언니. 이윽고 언니는 심각한 표정으로 이렇게 말했다고 합니다.

"……어떻게 편지 내용을 아는 건가요?"

"어?"

당황하는 미나 씨.

언니는 말했습니다.

"저, 편지를 받았다는 걸 사야 씨와 암네시아 씨에게만 알렸는데요……. 혹시 두 사람이 각자 동생에게 알려준 건가요?"

고개를 갸웃거리는 언니.

암네시아 씨와 사야 씨는 서로 얼굴을 마주 보면서.

"나는 알려주지 않았어."

"나도 마찬가지예요."

고개를 저었습니다.

어라라? 분위기의 흐름이 이상한데요?

"그렇다면 두 사람은 어떻게 제가 협박장을 받은 걸 아는 거죠? 그보다 어떻게 이게 러브레터라고 단언할 수 있는 거죠?"

언니의 시점에서 보면 미나 씨는 연락을 받은 것도 아닌데 어째선지 갑자기 나타나 변명을 시작한 것처럼만 보였을 테지요.

그리고 그러한 상황은 언니 안에서 하나의 결론으로 이어졌습니다.

"혹시…… 이 편지를 보낸 건, 미나 씨, 인가요……?"

이상.

"———그런고로 오해를 산 채로, 일단 돌아왔답니다."

과연 그렇군요.

저는 미나 씨의 어깨에 손을 올려두고 말했습니다.

"언니에게 손을 대면 정말로 날려버릴 겁니다."

"어째서 나한테 화내는 건데?!"

새빨개져서 소리치는 미나 씨.

제가 화내는 것은 당연하지 않은가요?

"미나 씨, 혼자 앞질러 가는 건 용서 못 해요!"

"나. 딱히 그 사람한테 흥미 없거든……."

"어머나! 언니에게 흥미가 없다니! 이 천벌 받을!"

그보다 어째서 변명하지 않고 온 건가요? 믿을 수가 없습니다.

이대로는 제 혼신의 연문이 미나 씨의 공이 되어버리잖아요. 이건 도둑고양이가 아닌가요?

툴툴거리는 제게 아빌리아 씨가 설명했습니다.

"오해를 풀려고 했지만, 일레이나 씨에게 의심을 받은 직후에 미나 씨가 도망쳤답니다."

"예상하지 못한 일이라 머리가 새하얘져서……."

그런 짓을 하면 더더욱 연문을 보낸 본인 같잖아요.

이대로는 곤란합니다.

"우선 다시 변명하고 와줬으면 좋겠는데요."

단도직입적으로 말하는 저.

미나 씨는 노골적으로 싫다는 얼굴을 했습니다.

"귀찮아……."

"됐으니까 어서 가주세요!"

"하아……."

어쩔 수 없네, 하고 어깨를 늘어뜨리며 발길을 돌리는 미나 씨.

"일단 나도 따라가겠답니다."

아빌리아 씨는 그런 그녀의 뒤를 쫓아갔습니다.

그러고서 다시 5분 후.

두 사람이 돌아왔습니다.

"어라? 어째서 얼굴이 빨간가요?"

미나 씨의 얼굴이 새빨갰습니다.

왠지 이 시점에서 이미 매우 안 좋은 예감이 들었습니다만, 저는 일단 물었습니다.

"대체 무슨 일이 있었던 건가요?"

그러자 아빌리아 씨는.

"저기 그게……."

조금 전보다도 훨씬 난처한 기색으로 답해주었습니다.

선수 필승, 일격 필살.

언니의 오해를 풀기 위해서는 곧바로 행동에 나서야 한다고 판단한 것일 테지요.

"……일레이나!"

드르륵.

문을 열자마자 미나 씨는 교실 안에 울려 퍼지는 목소리로 단언했다고 합니다.

"착각하지 말아줘!"

…………

단언했다고 합니다.

"나, 너를 전혀 좋아하지 않으니까!"

이상.

"어쩐지 츤데레 같아졌답니다."

과연 그렇군요.

저는 미나 씨의 어깨에 손을 올려두었습니다.

"맞고 싶으신 겁니까?"

"그러니까 어째서 나한테 화내는 거냐고!"

한 번이면 또 몰라도 두 번이나 오해를 불러일으켜서 어쩌자는 겁니다. 이제 수습 불가능인 게 아닌지?

"혹시 미나 씨는 사실 언니를 노리고 있다든가……?"

제가 연문을 쓴 것을 기회로 삼아 어프로치 하는 건가요?

뚱한 눈을 하는 저.

그녀는 시선을 피했습니다.

"따, 딱히 그렇지 않거든……."

"어머! 수상한 반응이에요!"

사실은 약간 노리고 있는 것이 아닌지?

"그럴 마음 전혀 없거든. 나 정말로 그 사람한테 흥미 없어. 아는 사이로서는 분명 뭐, 재미있는 사람일지도 모르겠지만 반할 요소 같은 게 전혀 없다고."

"어머! 뭔가요? 그 여유 넘치는 발언!"

저는 아직 이야기를 나눠본 적조차 없는데! 저도 언니와 친해져서 "네? 언니는 사람으로서는 재미있다고 생각하지만 동경의 대상은 아니에요" 같은 말을 해보고 싶어요!

다시 툴툴거리는 제게 아빌리아 씨는 냉정하게 말했습니다.

"그보다, 평범하게 프리실라가 직접 설명하면 어떤가요?"

이제 와 새삼스럽다 싶지만 근본적인 의견이었습니다.

그녀는 이어서 말했습니다.

"일레이나 씨와 대화해본 적이 없잖아요? 그렇다면 이번이 좋은 기회이지 않을까요?"

좋은 기회라 말씀하신들…….

"이, 이런 상황에서 무슨 말을 하면 되나요……? 이미 상황이 많이 꼬여버려서 말을 걸기 힘든 분위기가 된 것 같습니다만……."

걱정하는 저.

아빌리아 씨는 고개를 갸우뚱거렸습니다.

"그런기요? 나로서는 이건 오히려 친해질 기회로만 보이는데요."

무슨 뜻인가요?

제 머리에 떠오른 의문을, 아빌리아 씨는 담담하게 풀어주었습니다.

"다행히, 미나 씨가 잘 알 수 없는 행동을 해준 덕분에 애초에 연문이라는 협박장에 관한 건 이미 일레이나 씨의 머릿속에서 날아가 버렸을 거라고 생각한답니다."

다행인지 불행인지, 분명 언니는 이미 제가 보낸 편지를 심각하게 여기지 않게 되었을 거라고 합니다.

저로서는 친구 사이부터 시작해달라는 부탁의 마음을 담아서 썼기 때문에 조금 심경이 복잡하기는 했습니다만, 확실히 괜한 오해를 산 채로 시간이 흘러가는 것보다는 훨씬 나을지도 모릅니다.

“으음……..”

그러나 그것은 어디까지나 저에게 언니와 이야기할 배짱이 있다면, 의 이야기입니다.

신음하고 말았습니다.

미나 씨에게 불만을 말하면서도, 결국 저는 여전히 언니와 직접 얼굴을 마주할 용기가 없었던 것입니다.

“프리실라.”

그런 제 속마음을 아는지 모르는지, 아빌리아 씨는 싱긋 웃어 보이면서.

한마디 말을 해주었습니다.

“동경하는 사람이 눈앞에 있다면, 한 걸음 내디뎌 말을 걸어보자. 상대도 보통의 사람이라는 걸 깨달을 테니―――이런 명언을 아시나요?”

“…………!”

저는 퍼뜩 깨달았습니다.

결국 만나지 않으니까, 말을 걸어본 적이 없으니까, 쓸데없이 상대방을 대단하다고 생각하게 되어버리는 겁니다.

미나 씨처럼 이야기할 수 있는 상황이 부럽다면, 저도 역시 이야기해볼 수밖에 없는 것입니다.

편지를 보내는 것이 아니라, 처음부터 저는 그리해야 했는지도 모릅니다.

그런 사실을, 그녀는 가르쳐주었습니다.

어머 멋져라.

“어느 분의 말씀인가요?”

물어보는 저.

그녀는 자신의 일인 양 에헴 하고 가슴을 펴면서 말했습니다.

“물론, 제가 경애하는 위인의 말이랍니다.”

○

저희는 셋이 함께 창밖을 바라보고 있었습니다.

조금 지친 표정의 미나 씨. 그 옆에서 방긋 웃고 있는 아빌리아 씨. 그리고 기쁨 가득한 표정을 짓고 있는 것이 바로 저.

그 후 저는 아빌리아 씨의 제안대로 2학년 교실로 향했고, 모든 것을 밝혔습니다.

결코 위협할 생각은 없으며, 그저 사이좋게 친구 사이부터 되고 싶어서 하바리움을 선물했다고 해명했습니다.

“프리실라는 중학생 때 일레이나 씨에게 신세를 졌답니다. 그 답례인 셈이랍니다.”

제 설명에 말을 덧붙여준 것은 아빌리아 씨.

그녀의 도움으로 제 일련의 행동은, 1년 전 도서관에서 있었던 사건에 대한 감사라는 것으로 정리되었습니다.

그러고 보니, 확실히 아직 그때의 감사를 전하지는 못했었습니다.

언니는 제게 쓴웃음을 지어 보였습니다.

“그럼, 다음부터 글을 쓸 때는 조금 주의를 하는 게 좋겠네요.”

이상한 오해를 살 거예요, 하고 어깨를 움츠리면서 그녀는 말씀하셨습니다.

어이없어하는 듯도 했습니다. 저, 그리고 미나 씨에 대해서도.

"그나저나, 아까 그건 뭐였나요? 미나 씨."

그녀의 옷을 검지로 콕콕 찌르면서 짓궂게 웃는 언니.

흥 하고 미나 씨는 고개를 돌렸습니다.

"딱히. 친구를 도왔을 뿐이거든. 너한테는 1밀리도 호의를 갖고 있지 않으니까. 착각하지 마."

"또 츤데레처럼 됐어……."

"정말로 그런 거 아니거든!"

정말이지! 하고 얼굴을 새빨갛게 붉히며 부정하는 미나 씨.

저는 그런 두 사람의 대화를 보며 웃었습니다.

기뻤던 것입니다.

지금까지 줄곧 동경하던 언니의 일상 속에 발을 내디딜 수 있었으니까.

"―――정말로 아빌리아 씨 덕분이에요. 고맙습니다."

창밖을 바라보면서, 저는 지금 막 손에 넣은 아름다운 추억을 곱씹으며 친구인 아빌리아 씨에게 깊게 감사드렸습니다.

역시 친구는 있고 볼 일, 이네요!

"아뇨 아뇨. 천만에요."

웃은 채로 답하는 아빌리아 씨.

끼이이이 하고 망가진 인형처럼 천천히 그 얼굴을 이쪽으로 돌렸습니다.

“그런데 프리실라.”

어라라?

왠지 웃는 얼굴이 무서운데요.

“왜, 왜 그러시나요……?”

당황하는 저.

그나저나 다른 이야기입니다만, 실은 조금 전 손에 넣은 참인 아름다운 추억에는 뒷이야기가 하나, 있었습니다.

“─────저기 저기, 네가 이 하바리움을 만든 거야?”

그것은 제가 언니와 한창 담소를 나누던 때의 일이었습니다.

갑자기 제 어깨를 두드린 사람이 한 분 계셨습니다.

“네?”

돌아보는 저. 시선 끝에서는 백발의 2학년 선배님이 언니에게 보낸 혼신의 하바리움을 손에 들고 계셨습니다.

저는 가슴을 폈습니다.

“네! 그건 제 자신작입니다!”

예쁘죠? 하고 자신만만하게 말하는 저.

“대단해!”

그녀는 양손을 맞대며 꽃이 활짝 핀 것처럼 웃었습니다.

그러고서 고양된 모습으로 제 손을 잡고.

“저기, 괜찮다면 다음에 가르쳐주지 않을래? 나 전부터 이런 거 해보고 싶었어!”라고 말했습니다.

어쩔 수 없군요.

“물론 괜찮습니다.”

©necömi

"만세!"

어린아이처럼 기뻐하는 그녀.

저도 이끌려 함께 웃었습니다.

"이런 걸 좋아하시는군요."

"응. 하지만 도구나 만드는 법을 몰라서, 지금까지 해본 적이 없었어."

이런 이런.

"그러면 다음에 저희 집에 놀러 오시겠어요? 도구는 전부 갖고 있으니까 간단히 할 수 있을 거예요."

"그래도 돼?"

"물론이죠!"

꽃을 좋아하시는 걸까요? 그러고서 저는 언니만이 아니라, 그분과도 취미 이야기로 흥이 올랐습니다.

그것은 참으로 꿈만 같은 시간이었습니다.

참고로 그때 대화했던 상대의 이름은 암네시아 씨.

…………

아빌리아 씨의 언니분이십니다.

그런고로.

아빌리아 씨는 제 어깨에 손을 올렸습니다.

"손을 대면 진짜로 날려버릴 거랍니다."

"오해예요!!"

마녀의 여행
SCHOOL STORY
OF WANDERING WITCHES
학원 이야기

“너 말이야, 악기 연주할 줄 아냐?”

실라 선생님에게 갑자기 호출을 받은 것은 수업이 끝난 직후의 일이었습니다.

교내 방송을 이용한 호출. 기본적으로 그녀가 사람을 부를 때는 설교 혹은 성가신 부탁을 할 때로 정해져 있기 때문에, 전자든 후자든 저의 표정이 흐려지는 전개가 되는 것은 당연했고, 저의 경우 교직원의 눈에 띄면 십중팔구 혼날 일도 이따금 했던 기억이 있는지라 교무실로 향하는 도중의 제 심경으로 말하자면 그야말로 “저기, 내가 왜 화내는지 알아?” 하고 귀가 지후에 주방에 조용히 앉아 있는 아내에게 질문받은 남편 그 자체.

그런고로 교무실에서 홍차를 홀짝이는 프랑 선생님에게 “일레이나? 무슨 짓을 한 건가요?” 하고 짓궂은 질문을 받으며 실라 선생님 곁으로 다가갔던 저는 무척이나 맥이 풀리고 말았습니다.

악기요?

“아뇨, 연주 못 합니다만?”

그보다, 뭡니까? 그 질문은.

저를 바라보는 실라 선생님의 표정은 “악기를 연주하다니 의외인걸. 대단해”라고 말하는 듯했고, 그 눈은 제가 어떤 악기를 연주할 수 있는지 흥미진진해하는 지경.

할 수 있는지 없는지를 묻는 것이 아니라, 할 수 있다는 것을 전제로 한 이 질문.

무슨 의미인지 잘 이해가 안 되는군요.

"자랑은 아니지만 기타는커녕 캐스터네츠조차 제대로 다룬 적이 없습니다만."

갑자기 왜 그러시나요?

그렇게 저는 고개를 크게 갸우뚱거리며 물었습니다.

그러나 저와 마찬가지로 실라 선생님 또한 "흐응……?" 하고 말하며 이상하다는 기색으로 고개를 갸웃거렸습니다.

"그럼 너는 왜 악기 동호회에 적을 두고 있는 거지?"

톡톡, 그녀의 검지가 책상을 가볍게 두드렸습니다.

거기에 있는 것은 입부서. 기입되어 있는 것은 제 이름.

그리고 입부한 곳은 어떤 이유에선지 음악 동호회.

날짜는 작년 여름 무렵을 가리키고 있었습니다.

즉, 저는 작년── 1학년 여름 무렵에 음악 동호회에 자신의 의사로 입부를 했다는 뜻이 됩니다만.

"아."

내밀어진 증거품을 보고 하나 떠오른 것이 있었습니다.

작년 여름 무렵이라고 하면, 마침 저와 암네시아 씨가 친해진 타이밍. 사야 씨도 포함해 셋이서 놀기 시작하게 되었을 때.

분명 그때 참가했던 것입니다.

음악 동호회에.

"딱히 악기를 연주할 수 있어서 참가한 게 아닙니다."

가볍게 손을 흔들며 부정하는 저.

“그럼 어째서?”

“당시 3학년이 꼭 좀 부탁한다고 해서요.”

아무래도 여름 무렵에 부원이 한 명 그만두어 버린 모양이었고, 그대로는 폐부되기에 인원 보충이 필요해졌던 것입니다.

그러던 때, 학교 안에서 한가하게 어슬렁거리던 제가 눈에 띄고 말았던 것입니다.

뭐, 적을 둬주기만 한다면 누구라도 상관없었던 것일 테지요.

“아마도 저만이 아니라 사야 씨와 암네시아 씨의 입부서도 있을 겁니다.”

입부서를 써준다면 방과 후에 음악실을 마음대로 써도 좋다고 하는 교환 조건에 저희 세 사람은 하나같이 고개를 끄덕이고 이름을 기입했던 기억이 있습니다.

“그랬군.”

고개를 끄덕이면서 실라 선생님이 책상 위에 올려두었던 손을 치우자 겹쳐져 있던 입부서가 이쪽으로 고개를 내밀었습니다.

“……그럼 너희는 악기 연주 같은 건 못 하고, 거의 귀가부 같은 거지만 일단 서류상으로는 음악 동호회 취급을 받고 있는 유령 부원이라는 건가?”

“그렇습니다.”

“세 명 모두?”

“그렇겠네요.”

“이거 곤란하게 됐는데.”

후우 하고 한숨을 내쉬면서 하늘을 올려다보는 실라 선생님.

"무슨 문제라도 있나요?"

확인을 위해 부른 거라면 이만 가도 괜찮을까요?

"……그럼 이만 돌아가도 된다고 말하고 싶다만, 실은 여기서 네게 유감스러운 소식이 있다."

"네?"

"너 말이야, 학원 음악제라고 알지?"

"네, 뭐……."

학원 음악제.

그것은 저희 학교—— 학원 세레스텔리아에서 오래전부터 열려온 전통적인 행사.

개최 빈도는 부정기. 애초에 학교의 공적 행사가 아니며, 어디까지나 학생과 졸업생 주도로 열리는 축제.

작년에는 열리지 않았었는데, 올해는 아무래도 하는 방향으로 이야기가 진행되고 있는 듯하다, 라는 것은 연주 경험이 없는 제게도 알려져 있었습니다.

"사야 씨와 암네시아 씨와 함께 관람할 예정입니다만."

뭔가 당일에는 노점 같은 것도 몇 개 나온다나요. 간단히 말해서 문화제 같은 이벤트.

그것참, 뭘 먹어야 할까요.

기대됩니다 하고 살짝 뺨을 누그러뜨리면서 망상을 부풀리는 저.

"아니, 아마도 관람 같은 건 무리이지 않을까?"

그리고 간단히 저의 망상을 깨버리는 실라 선생님.

"어째서죠?"

우으으 하고 미간을 찌푸리며 묻는 저.

이어서 실라 선생님은, 아주아주 난처한 기색으로, 면목 없다는 듯이 한숨을 내쉬면서 이야기했습니다.

"너희, 학원 음악제에 참가가 정해졌거든."

라고.

………….

"네?????????"

○

어째서인지 학원 음악제에 참가가 정해졌다.

이 의미 불명의 사실을 머리로 처리하기도 전에 저는 집으로 돌아왔습니다.

"이제 끝이에요……."

그 결과 소파 위에 엎어져 죽을상을 하고 있는 뭐가 뭔지 모를 여고생이 한 명 탄생했습니다.

그것은 대체 누구일까요?

유감스럽게도 저입니다.

"무슨 일 있으신가요? 일레이나 님."

현실 도피를 하며 넋을 놓고 있는 저를 걱정하면서 어깨에 손을 올려주는 것은 빗자루 씨. 아아, 괜한 걱정을 끼쳐선 안 돼요. 지금은 일단 "괜찮습니다"라고 답해야만 하는 순간.

그런고로 저는 그녀를 마주 바라본 다음, 대답했습니다.

"흐에엥."

"일레이나 님?"

아아, 이래서는 안 됩니다. 말이 제대로 안 나오게 되었군요. 스스로도 놀랐습니다. 아무래도 사람은 머릿속이 가득 차면 커뮤니케이션이 이뤄지지 않나 봅니다. 이 얼마나 불편한 생물인가요.

"진정하세요. 일레이나 님. 이야기하기 힘들면, 그대로도 괜찮아요."

그러나 배려의 결정체라고 할 수 있는 빗자루 씨는 제가 말로 하지 못하는 마음도 간단히 헤아려 주었습니다. "실례" 하고 제 교복 소매를 잡고, 이어서 몇 번인가 흠흠 하고 고개를 끄덕이더니, 그녀는 "즉, 학원 음악제에 갑자기 참가하게 되어 당황한 거로군요. 연주 경험도 없는데"라며 제가 말하고 싶었던 것을 전부 언어화해주었습니다. 참으로 유능한 모습. 마치 평소의 저 같군요. 얼굴부터 좋은 머리까지, 하나부터 열까지 똑 닮았습니다.

거기에 더해 오늘은 차림새까지 똑같습니다.

제 교복을 여전히 잡고 있는 그녀가 몸에 걸친 것은, 바로 학원 세레스텔리아의 교복이었습니다.

……교복?

"어라…… 어째서 교복을 입고 있는 건가요? 빗자루 씨."

당신은 학교를 안 다니잖아요?

"일레이나 님…… 사실 저도 내일부터 학교에 다니게 되었습니다."

그녀는 산뜻하게 말했습니다.

아무래도 빗자루 씨가 함께 살게 된 후부터, 어머니 쪽에서 "빗자루 짱도 같이 학교에 다니면 어때?"라고 타진해 왔고, 이러저러하여 학원 세레스텔리아에 편입이 결정되었다나요.

과연, 그런 사정이었던 거군요.

저는 고개를 끄덕이면서 답했습니다.

"흐에엥."

"전혀 관심이 없잖아요……."

"미안해요 지금 좀 여러 가지로 머리의 처리 속도가 따라가지를 못하고 있어서요."

"괜찮으신가요?"

"아주 오래된 PC 같은 기분입니다."

"죄송합니다. 무슨 밀씀인지 저로서는 좀……."

작동이 좀 멈춘다는 뜻입니다 하고 주석을 넣는 저. 곧바로 주방에서 요리 중이던 어머니가 "너 작동이 멈출 만큼 PC를 쓴 적 없잖니"라며 끼어들었습니다만, 그건 제쳐두고.

"아무튼 지금은 빗자루 씨가 아시는 대로, 이것저것 성가신 상황이 되었어요" 하고 어깨를 움츠리는 저.

"큰일이네요……."

"이대로는 연주 경험도 없는데 스테이지 위로 끌려 올라가서 큰 창피를 당할 게 틀림없어요."

아아, 참으로 불쌍한 저.

이어서 바로 훌쩍훌쩍 우는 척하는 저를 보며 빗자루 씨는 "흐음" 하고 생각에 잠긴 듯한 몸짓을 하고.

그리고 그녀는 지적했습니다.

"……연주를 못한다면, 그렇다고 전하면 되는 거 아닌가요?"

참으로 근본적인 걸 지적했습니다.

"빗자루 씨, 어리석은 질문이로군요. 당신이 간단히 떠올릴 만한 걸 제가 시도해보지 않았을 거라고…… 생각했나요!"

눈을 부릅뜨는 저.

"어째서 의기양양한 얼굴을 하시는 건가요 일레이나 님."

기가 막힌다는 표정을 짓는 빗자루 씨. 뒤에서 "지금 이 애 정서가 좀 이상한걸"이라는 어머니의 딴죽이 또다시 들어왔지만 그건 제쳐두고.

"물론 실라 선생님에게서 타진이 있은 직후에 전했죠. 사야 씨와 암네시아 씨를 모아서, 셋이 얘기했죠."

그러나 제가 바란 것 같은 전개는 전혀 펼쳐지지 않았습니다.

오히려 바람과는 정반대의 전개를 향해 힘차게 달려나갔다고 해도 과언이 아닐 테지요.

"무슨 일이 있었나요?"

고개를 갸우뚱거리는 빗자루 씨.

궁금한가 보군요.

……좋습니다.

"그럼 이야기해드리죠—— 저희 세 사람의 이야기와 그 전말을……!"

"어째서 의기양양한 얼굴을 하시는 건가요 일레이나 님."

"지금 이 애 정서가 상당히 이상한걸."

그건 제쳐두고.

저는 이어서 이러이러 저러저러 이야기했던 것입니다.

그것은 방과 후. 실라 선생님께 학원 음악제 이야기를 전해 들은 직후의 일입니다.

"네에에에?! 학원 음악제에 우리가 참가……라고요?!"

입을 크게 벌리며 놀라는 사야 씨.

"아, 그리고 보니 우리 음악 동호회에 가입했었지."

그리고 느긋한 모습으로 고개를 끄덕이는 암네시아 씨.

그런 두 사람 앞에서 저는 어깨를 움츠리며 크게 한숨을 내쉬었습니다.

그것참 정말이지 난치하군요. 저희는 딱히 음악을 하고 싶어서 음악 동호회에 들어간 게 아니건만. 정말이지 제멋대로인 이야기입니다. 그러한 분위기를 온몸으로 자아내고 있기까지 했습니다.

"참고로 참가는 이미 확정인 건가요?"

고개를 갸웃거리는 사야 씨.

이건 어디까지나 제가 실라 선생님께 들은 이야기입니다만.

"일단 참가하는 방향으로 이야기가 진행되고 있나 봐요. 음악 동호회인데 학교에서 열리는 음악 이벤트에 참가하지 않는다니 이상한 이야기니까요."

그렇다고는 해도 아직 학원 음악제까지는 한 달 가까운 시간이 남아 있습니다.

참가자 조율은 아마도 아직 끝나지 않았을 터.

지금이라면 만에 하나 준비하던 참가자가 비어버린다 해도, 분명 어른들이 큰 문제 없이 조정해줄 것이 틀림없습니다.

"실은 두 사람과 긴히 상의할 게 있습니다만……."

영리한 저는 생각했습니다.

셋이 직접 담판을 짓는다면 어쩌면 저희의 참가를 취소하는 것도 가능하지 않을까, 라고.

기대를 담은 눈동자로 두 사람을 바라보는 저.

입학하고서 약 1년이나 사귀어온 사이. 저희는 대체로 언제나 함께였습니다. 눈과 눈이 마주치면 서로 통하는 것도 있는 법입니다.

"괜찮아요, 일레이나 씨. 나, 이해했어요!"

에헤헤 하고 표정을 누그러뜨리는 사야 씨.

"그래. 걱정하지 마."

그리고 부드럽게 웃는 암네시아 씨.

"사야 씨, 암네시아 씨……."

역시 서로를 이해하는 친구는 있고 볼 일입니다.

두 사람은 저의 의도를 완전히 파악한 것 같은 얼굴로 고개를 끄덕이더니 제각기 말을 꺼냈습니다.

말하길.

"우리 셋이 함께 참가하기를 바라는 거죠?!"

응?

"모처럼의 기회니까, 함께 추억을 만들고 싶다는 거지?!"

어라?

…………·.

어라라?

"아니 저기, 저는 그런 생각으로 상의하러 온 게————."

"괜히 쑥스러워할 필요 없어요. 일레이나 씨."

우후후후 하고 웃음 짓는 사야 씨. 아니 쑥스러워하는 게 아닙니다만. 평범하게 참가하고 싶지 않아서 이야기하는 건데요.

그보다.

"아니 하지만 애초에 저희는 악기 연주 못하————."

"참고로 사야 씨는 어떤 악기를 연주할 수 있어? 나는 피아노랑 키보드라면 가능한데."

"암네시아 씨??????"

악기 연주할 줄 아는 겁니까?

처음 듣는데요.

"아, 나는 드럼이라면 칠 수 있어요."

그렇게 저를 내버려 둔 채로 두 사람의 대화가 시작되었습니다. 그보다 드럼 칠 줄 아는 겁니까? 사야 씨.

"아, 드럼이라니 뭔가 사야 씨다울지도."

"나답다니 무슨 뜻인가요."

밝게 웃는 사야 씨.

"아무튼 이걸로 키보드랑 드럼 인원은 채워졌네요. 하지만 밴드를 하려면 기타 같은 게 필요하지 않을까요?"

"참고로 우리 동생은 기타 칠 줄 알아."

"내 동생은 베이스를 연주할 수 있어요."

"아, 그럼 두 사람도 불러서 5인 밴드를 할까?"

"좋네요."

………….

완전히 하는 방향으로 이야기가 진행되고 있습니다…….

"아, 참고로 일레이나 씨는 어떤 악기를 연주할 수 있어?"

완전히 제가 연주할 수 있다는 것을 전제로 이야기가 진행되고 있습니다…….

반짝반짝 빛나는 눈으로 이쪽을 바라보는 암네시아 씨. 너무나도 눈이 부셔서 시선을 돌리자 "다섯이 함께 스테이지에 서다니 기대돼요!"라며 기대로 눈을 빛내는 사야 씨의 모습이 있었습니다. 이제 너무 눈이 부셔서 현기증이 날 것만 같습니다.

퇴로는 아무래도 없나 봅니다.

"저기…… 기타를…… 잘 칩니다……."

저는 죽은 물고기 같은 눈을 하면서, 그렇게 말했습니다.

"──────그런 연유로 어느샌가 학원 음악제에 참가하는 흐름이 되었던 거예요."

설마 두 사람이 의욕을 보일 거라고는 상상도 못 했습니다.

그 후의 흐름은 매우 순탄했습니다. 두 사람은 제각기 동생에게 연락했고, 간단하게 5인조 참가가 확정되고 말았습니다.

"그것참…… 심각한 사태로군요……."

빗자루 씨에게는 동정의 시선을 받았습니다.

이제 사태는 제가 감당할 수 없는 지경. 마법이라도 쓸 수 있다면 파바밧 해결할 수 있을지도 모릅니다만, 저는 어디까지나 평범한 인간. 대략 한 달 만에 갑자기 단상 위에 설 정도의 연주 기술을 익힐 수 있을 리 없습니다.

저는 남보다 훨씬 귀여운 것과 절대적인 비율을 자랑하는 것 이외에는 비교적 평범한 여고생입니다.

"도와주세요 빗자루 씨……."

애초에 대전제로 기타조차 갖고 있지 않은 지금의 제가 할 수 있는 일은 빗자루 씨에게 의지하는 것 정도였습니다. 분명 빗자루 씨도 무척 곤란할 테지요.

제게 갑자기 그러한 부탁을 받은들 들어줄 수 있을 리가.

"알았습니다."

"으응?"

지금 뭐라고?

"일레이나 님이 곤란한 상황이라면, 제가 팔 걷어붙이겠습니다."

어리둥절해하며 눈을 동그랗게 뜨는 제게 빗자루 씨는 에헴 하고 가슴을 펴며 말했습니다.

"요컨대 한 달 만에 기타를 칠 수 있게 해드리면 되는 거죠?"

"어, 어어…… 뭐, 그렇기는 한데요……."

오해가 없도록 말해두자면 저는 물론 그런 일이 가능할 거라고는 생각하지 않고, 복잡한 사태가 되어버린 것에 불평을 늘어놓을 셈이었을 뿐입니다만.

우훗 하고 여전히 빗자루 씨는 자신만만한 표정을 짓고 있었습니다.

"있습니다. 일레이나 님이 한 달 만에 기타를 연주할 수 있게 되는 방법이."

"뭐……라고요……?!"

과장되게 눈을 부릅뜨는 저.

얼굴을 마주하며 다소 오버스러운 연기를 펼치는 저희의 모습은 마치 『일요 극장』에 가까운 분위기를 가득 담고 있었습니다.

"그 방법이란, 대체————."

어떻게 하면 되나요……?

몸을 내미는 저.

그때였습니다.

"밥 다 됐다."

주방 쪽에서 끼어든 것은 어머니의 목소리와 맛있는 카레 냄새.

저녁밥이 완성되었나 봅니다.

과연 그렇군요.

"자세한 이야기는 나중에 할까요?"

"그래야겠군요."

저희는 서로에게 고개를 끄덕이고 자리에서 일어났습니다.

다른 이야기입니다만 『일요 극장』은 대체로 본론에 들어가기 전에 일단 광고를 끼워 넣지요.

○

다시 말씀드리자면 현재 저를 고민하게 하는 문제는 크게 나누어 둘.

연주 경험도 없는데 학원 음악제에 참가가 정해진 것.

그리고 또 하나는, 애초에 기타를 갖고 있지조차 않다는 것.

그러나 후자에 관한 것은 빗자루 씨가 매우 간단히 해결해버렸습니다.

"이걸 받으세요."

그것은 저녁 식사를 마친 후의 일.

방에서 느긋하게 시간을 보내던 저를 찾아온 빗자루 씨는, 여기요 하고 제게 기타 하나를 아무렇지 않게 건넸던 것입니다.

기타.

다소의 사용감은 있었지만, 그러나 심하게 더러워 보이거나 하지는 않았습니다.

"이거 어디서 가져온 건가요?"

그러자 빗자루 씨는 대단히 의기양양한 표정을 지으면서 말했습니다.

"대형 쓰레기장입니다."

"요컨대 쓰레기를 주워 왔다는 거로군요."

"전에 산책하던 때 우연히 발견해서……."

말하길 아직 쓸 수 있을 것 같아 보여서 다락방까지 가져왔었다나요. 자세히 보니 기타 케이스에 대형 쓰레기 스티커가 붙어 있었습니다.

"참고로 기타 씨 외에도 온갖 물건을 제 다락방에 안치해두었습니다."

함께 살게 되고서 비어 있던 방을 하나 빗자루 씨에게 주었습니다만, 아무래도 다락방도 자유롭게 쓰고 있나 봅니다.

가끔 집 안 어디를 찾아도 모습이 보이지 않는 일이 있다 싶었습니다만, 다락방에 틀어박혀 있었던 거로군요.

"뭐…… 딱히 상관없지만, 엄마한테 들키지 않게 해주세요."

아마도 혼날 겁니다.

"문제없습니다."

"그런가요?"

"집안일을 돕는 것으로 손을 써두었습니다."

"매수했어……."

하지만 뭐, 다락방이 건재해서 기타를 입수할 수 있었으니, 저도 이러쿵저러쿵 할 입장은 아닙니다.

아무튼 저를 고민하게 하던 문제 중 하나는 해결.

그러나 남겨진 또 하나의 문제가, 성가십니다.

"……기타를 구했어도 저는 결국 연주 쪽은 전혀 안 되는데요."

시선을 떨어뜨리니 기타 줄에 닿아 있는 저의 손가락. 팅 하고 튕기자 맥 풀리는 소리가 공허하게 울렸습니다.

다시 한번 적당히 현을 누르고 쳐보니 이번에는 전혀 다른 소리. 그러나 어디를 어떻게 누르면 어떤 음을 연주할 수 있는지 저로서는 전혀 알 수 없었습니다.

이러한 상태로는 단상 위에 도저히 설 수 없다고 생각합니다만.

그 점은 어떻게 하나요? 하고 시선을 보내는 저. 빗자루 씨는 제 의도를 알아차린 듯이 고개를 끄덕이더니.

"기타 씨와 친해지면 됩니다. 일레이나 님."

그렇게 담백하게 대답했습니다.

"친해지면……?"

"일레이나 님은 이전에 저와 리버시로 승부했을 때의 일을 기억하시나요?"

"……흐음."

그 말을 듣고 저는 생각에 잠겼습니다. 얼마 전의 일을 돌이켜 봅니다.

빗자루 씨가 집에 온 후로, 갑자기 또래 자매가 생긴 것 같은 날들이 제 일상이 되었습니다.

예를 들면 학교에서 돌아와, 식사를 한 후.

예를 들면 휴일, 한가하게 시간을 보낼 때.

저와 빗자루 씨는 자주 얼굴을 마주하고서 함께 놀게 되었습니다.

얼마 전에는 리버시로 대전도 했습니다만.

"―――이런 이런. 또 제 승리인가요?"

약하네요 하고 웃어 보이는 저의 눈앞에는 검게 물든 반면(盤面)이 하나.

"우ㅇㅇㅇㅇㅇㅇ……."

얼굴을 붉히고 뺨을 부풀리며 어린아이처럼 삐치는 빗자루 씨.

5승 0패.

다섯 번째 패배를 당한 빗자루 씨는 조금 화가 나 있었습니다.

"다시 한번! 한 번 더 부탁드려요. 일레이나 님!"

이것 참.

"한 번 더 지고 싶은 겁니까?"

"우으으으으으……!"

알기 쉬운 저의 도발에 이 또한 알기 쉽게 걸리는 빗자루 씨.

냉정을 잃으면 사람은 이길 수 있는 것도 지게 되는 법입니다. 분명 다음도 제가 이길 것이 틀림없다고 확신했습니다.

이러저러하여 맞이한 6전째.

저희는 톡톡 반면을 흑과 백으로 물들여갔습니다.

승패가 정해진 것은 몇 분 후.

"어라?"

눈을 끔뻑이는 저.

이상한 광경이 눈앞에 펼쳐져 있었습니다.

새하얀 반면.

놀랍게도 저는 패배했던 것입니다.

"후후후……."

그리고 마주하고 있는 것은 의기양양한 표정의 빗자루 씨.

"이걸로 5승 1패로군요. 일레이나 씨."

똑 닮았기에 알 수 있는 겁니다만, 저의 의기양양한 얼굴은 상당히 짜증을 불러일으키는 표정이로군요. 객관적으로 보게 되고서야 비로소 깨달았습니다. 볼을 꼬집어 주고 싶습니다.

"……어떤 수를 쓴 겁니까?"

가슴속에서 솟구쳐 오르는 감정을 억누르며 묻는 저.

그녀는 에헤헤 하고 가슴을 펴며 답했습니다.

"리버시 씨와 친해졌습니다."

"······리버시와?"

그건 무슨 뜻인가요? 하고 묻는 저.

좀처럼 믿기 어려운 이야기입니다만, 물건인 빗자루 씨는 동포—— 즉, 물건의 목소리를 들을 수 있다나요.

그러나 그녀에게 숨겨진 힘은 거기에 그치지 않는다고 합니다.

"일레이나 님은 예를 들어 처음 요리를 했을 때, 식칼 다루는 법에 공포를 느끼지 않으셨나요?"

함부로 휘두르면 베인다. 잘못 다루면 대참사. 처음 식칼을 들었을 때 품었던 것은 창가에 세워진 듯한 공포심이었습니다.

어째서 어머니는 아무렇지 않게 다룰 수 있는 것인지 이해가 되지 않았을 정도입니다.

하지만 지금은 다릅니다.

어릴 때와 다르게 저도 제법 요리를 할 줄 압니다.

현재는 저의 개인 식칼을 주방에 두고 있을 정도입니다.

"익숙해지면 식칼의 칼날을 알게 된다. 손바닥 위에 두부를 올리고 자르거나 하는 것도 무섭지 않게 된다. 그것은 어떻게 다루면 식칼이 물건을 자를 수 있는지를 일레이나 님이 이해하고 있기 때문입니다."

빗자루 씨는 말했습니다.

"'이해'란 '대화의 결과'랍니다. 일레이나 님."

제가 식칼을 다룰 수 있게 된 것은, 식칼이라는 도구에 대한 이해가 깊어졌기 때문—— 달리 말하자면 식칼과 친해졌기 때문이라고 그녀는 가르쳐주었습니다.

그리고 이 이야기를 리버시에 대입해본다면.

"저는 바로 지금, 이 리버시 씨와의 대화를 통해서 친해지게 되었습니다."

우후후 하고 가슴을 펴면서 빗자루 씨는 그렇게 말했습니다.

특히 빗자루 씨처럼 늘 물건과 대화할 수 있는 상태이면 모든 것의 숙달 속도는 보통 사람을 능가하고, 고작 몇 분 만에 저 정도는 압도하는 것도 가능해진다나요.

"과연 그렇군요."

의기양양한 빗자루 씨의 말에 저는 고개를 끄덕였습니다.

"즉 리버시 씨에게 도움을 받아서 제게 이겼다, 라고 이해하면 될까요?"

"그런 셈입니다."

에헴 하고 가슴을 펴는 빗자루 씨.

저는 말했습니다.

"하지만 그건 요컨대 빗자루 씨가 이긴 게 아니라 리버시 씨가 제게 이긴 거 아닌가요?"

"네?"

"그보다, 당연하게도 사기라고 생각합니다만."

저는 그녀의 볼을 잡아당겼습니다.

"아프미다, 이에이나 니이."

왠지 억울했기 때문에 6전째의 리버시 승부는 무효 시합인 것으로 했습니다.

————그러한 일이 분명 얼마 전에 있었습니다만.

“제가 리버시 씨를 의지했을 때와 마찬가지로 일레이나 님도 기타 씨와 친해지면, 한 달 만에 실력 상승은 식은 죽 먹기입니다.”

빗자루 씨는 단언했습니다.

제게는 기타의 목소리는 들리지 않기 때문에, 빗자루 씨가 통역으로서 함께하며 대화를 성립시키겠다고 합니다.

“……그런 방법으로 잘될까요?”

“식은 죽 먹기입니다.”

맡겨두라며 자신만만한 빗자루 씨.

“……흐음.”

반신반의.

이기는 했습니다만, 현재 그녀에게 의지하는 것 외에는 달리 방법이 없는 것도 사실.

“그럼, 잘 부탁드립니다.”

저는 그녀의 제안에, 웃음으로 답했습니다.

그럼 여기서, 한 달에 걸친 저와 기타 씨의 대화들── 그중 일부를 보여드리죠.

“다시 한번 잘 부탁드립니다. 기타 씨.”

기타를 쓰다듬으며 말을 거는 저.

빗자루 씨의 통역으로 대답이 곧바로 돌아왔습니다.

기타 씨의 기념할 만한 첫 말은 여기에.

『뭐? 평민 주제에 저를 허물없이 만지지 말아 주세요!』

저는 말 없이 기타를 내려놓았습니다.

…………

"무슨 말을 하는 겁니까?"

까불지 말아 주시겠습니까? 빗자루 씨.

"만지는 법이 좀 잘못됐나 봅니다. 일레이나 님."

"뭡니까 만지는 법이 잘못됐다니."

평범하게 쓰다듬었을 뿐입니다만, 하고 기타를 바라보는 저.

그럼 만지는 법이 어때야 하는 겁니까? 하고 물어보자, 빗자루 씨는 곧바로 흐음 하고 기타 씨에게 의견을 물어주었습니다.

"더 쓰레기를 다루듯이 마구 써주길 바란다고 합니다."

"이렇게요?"

적당히 자가장자가장 하고 치는 저.

딩딩 하고 투박한 소리가 울려 퍼졌습니다.

『아아아아앗! 좋아요!』

뒤이어 기타 씨의 울음소리도 울려 퍼졌습니다.

"앞날이 걱정됩니다만……."

아무튼 이리하여 저와 기타 씨의 대화는 시작되었습니다.

학교에서 돌아오면 언제나 기타를 쳤습니다.

"……죄송하지만, 악보의 이 부분을 모르겠어요……."

『어째서 이런 것도 못 읽으시나요? 이 멍청이!』

기타 씨는 초심자인 제게 욕지거리를 하면서도 악보 읽는 법을 가르쳐주었습니다.

"그러니까…… 이렇게요……?"

『아, 전혀 아니에요. 손가락 누르는 법이 틀려먹었어요.』

코드 치는 법도 전부 기타 씨가 직접 가르쳐주었습니다.

"……이런 느낌인가요?"

『꽤 괜찮네요.』

기타 씨에 의한 직접 지도. 그것은 마치 눈에는 보이지 않는 망령이 기타 다루는 법을 기초부터 알려주는 것만 같았습니다.

어떤 사용법이 좋은지.

무엇이 좋고 무엇이 나쁜지.

원래대로라면 하나하나 감을 익혀 향상해 가야 할 길을, 저는 기타 본인의 안내를 이용해 가장 빠르게 달려나갔습니다.

고로 그렇게 2주간 매일 연습하니 조금은 칠 수 있게 되었고.

한 곡 전체를 연습한 후에 저는 물었습니다.

"슬슬 다른 분들과 맞춰서 연습해도 괜찮을까요?"

어떻게 생각하나요? 기타 씨.

『안 돼요!』

"……어째서죠?"

저 조금은 능숙해졌다고 생각하는데요. 자만하지 말라는 뜻일까요? 의아한 표정을 지으며 저는 기타 씨의 말을 기다렸습니다.

빗자루 씨가 그녀의 말을 통역해준 것은 그로부터 몇 초 후.

어째선지 수줍은 표정을 지으면서, 그녀는 말했습니다.

『그게…… 다, 다른 악기 씨와 만나는 거죠……? 저, 아직 마음의 준비가…….』

"…………."

자가장자가장 자가장자가장.

『아아아아아아아아아아앗!』

아무튼 그 후로 저는 사야 씨를 비롯한 모두와 합류해서 연습을 하게 되었습니다.

○

"이쪽은 제 친척이에요. 최근 옆 반으로 전학해 왔대요."

방과 후.

사야 씨, 암네시아 씨, 그리고 미나 씨와 아빌리아 씨를 모아 음악실에서 함께 연습을 하기 전에 저는 빗자루 씨를 모두에게 소개했습니다.

"잘 부탁드립니다."

정중하게 인사를 하는 빗자루 씨.

그녀를 어떤 식으로 소개하면 좋을지 망설였습니다만, 정직하게 『이 애, 제 빗자루거든요』라고 밝혀본들 믿어줄 가능성은 낮았기에 일단 친척이라는 것으로 해두었습니다.

친척이라면 얼굴이 비슷한 이유에도 설득력이 있으니까요.

이름에 관해서는 그러한 별명이라는 것으로 처리해두었습니다.

"호오."

입을 떡 벌리면서 고개를 끄덕이는 사야 씨.

"확실히 닮았네……."

흐음흐음 하고 빗자루 씨를 바라보는 암네시아 씨.

"왜 별명이 빗자루야……?"

그리고 살짝 고개를 갸우뚱하는 미나 씨.

"그나저나 하나, 물어봐도 괜찮을까요?"

거수하는 아빌리아 씨.

…………·

"뭔가요?"

고개를 갸웃거리며 저는 그녀에게 시선을 맞추었습니다.

그러자 아빌리아 씨는 매우 이상하다는 표정으로 저의 발치를 바라보며 물었습니다.

"빗자루 씨는 어째서 기타에 귀를 대고 있는 건가요?"

저는 시선을 떨어뜨렸습니다.

거기에는 제 기타에 바짝 붙은 빗자루 씨의 모습이.

…………·

어째서라고 하신들.

힐끗 서로 얼굴을 마주 본 다음에 빗자루 씨는 말했습니다.

"아, 저는 신경 쓰지 마세요."

그러네요.

"너무 사소한 것까지 신경 쓰면 지칠 거예요. 아빌리아 씨."

"아니 이게 사소한 건가요?"

저는 대답 대신에 기타 씨를 자가장자가장 쳤습니다.

『아아아아앗! 좋아요!』

평소처럼 충실하게 기타 씨의 목소리를 재현하는 빗자루 씨. 저희의 상태는 오늘도 최고로군요. 아빌리아 씨에게 "뭐 하는 짓이지?" 같은 시선을 받으며 저희는 그저 뽐내는 표정을 지었습니다.

“자, 그럼 무대를 위해서 열심히 연습합시다.”

제 구호에 모두는 “오오” 하고 호응했습니다.

“제정신인 건 나뿐인 건가요?”

이리하여 죽은 물고기 같은 눈을 한 아빌리아 씨와 함께 저희의 연습하는 날들이 막을 올렸습니다.

○

그렇게 2주간의 날들은 순식간에 지나갔습니다.

매일같이 저희는 얼굴을 마주하고, 호흡을 맞추고, 소리를 맞추었습니다. 고작 몇 분을 위해 온 힘과 마음을 바쳐 연습했다 해도 과언이 아니었습니다.

그렇게 무심하게 지냈던 매일에 아주 약간의 소리가 더해졌습니다.

“신기하네요.”

연습 도중, 사야 씨는 한숨 돌리며 멍하니 입을 열었습니다.

“왜 그러나요?”

그렇게 물어보니, 사야 씨는 이쪽으로 시선을 보내면서.

“아니, 평소와 같은 광경인데, 악기가 더해진 것만으로 이렇게나 다르구나 싶어서요.”

그렇게 답했습니다.

“…………”

저희는 딱히 누가 말하지 않아도, 일부러 공통의 목적을 찾지 않아도 멋대로 모입니다.

시선을 돌려보니 휴식하며 담소에 빠져 있는 아빌리아 씨, 미나 씨, 그리고 빗자루 씨의 모습이 보였습니다.

언제나 곁에 있는 그녀들.

여기에 있는 것은, 저희의 일상.

평소와 같은 듯하면서, 그러나 아주 조금 다른 일상.

"내년에도 이런 걸 할 수 있으면 좋겠네."

제 옆에서 암네시아 씨가 불쑥 말을 뱉었습니다.

"아직 끝나지 않았거든요."

아직 무대에 오르기 전이에요, 저는 그리 대꾸했습니다.

그녀는 웃었습니다.

"결과가 어찌 되든 후회는 없어."

딱히 실패한다고 해도 그건 그것대로 웃을 수 있는 이야기가 될 테고. 성공하면 좋은 추억이 될 게 틀림없으니까──라며.

그런 식으로, 웃었습니다.

부끄러운 경험을 하지 않도록 가능한 한 열심히 하고 싶습니다만.

"그러네요."

결과가 어찌 되든, 어른이 된 후에도.

저는 지금 보내고 있는 평온한 날들을 분명 잊지 못할 테지요.

왠지 모르게, 그런 예감이 들었습니다.

맞이한 음악제 당일.

단상에서 보이는 것은 어슴푸레한 어둠. 울려 퍼지는 소리는 어디에도 없었고, 고요했습니다.

마이크 앞에 서자 억누르고 있던 긴장이 단숨에 가슴속에서 솟구쳐 올랐습니다. 솔직하게 말하자면 위축되었습니다. 당황했습니다. 하지만 이상하게도 기분 좋기도 했습니다.

뒤를 돌아보면, 거기엔 항상 보아오던 얼굴이 있었기에.

다시 앞을 보면, 가까이에서 어머니와 함께 빗자루 씨가 손을 흔들고 있었기에.

"──새삼스럽지만, 하나 여쭤봐도 괜찮을까요? 일레이나 님."

제 머릿속에서는 연습의 날들이 되살아나고 있었습니다.

빗자루 씨가 제 옷자락을 잡은 것은 음악제 전날의 일이었습니다.

"왜 그러시나요?"

갑자기 조심스럽게 말을 꺼내는 그녀의 모습에 저는 고개를 갸웃거리며 답했습니다.

"실은 이번 학원 음악제 이야기에서 신경 쓰이는 게 하나 있습니다만."

"네에."

"일레이나 님은 어째서 학원 음악제에 참가하기로 정하신 건가요?"

"정말로 새삼스러운 걸 묻는군요."

이미 음악제 전날입니다만── 하고 말을 꺼내면서, 저는 어깨를 으쓱였습니다.

“그보다, 그 이야기는 빗자루 씨도 이미 알고 있을 텐데요.”

“알면서도 계속 의문이었습니다.”

부드러운 어조 그대로 그녀는 말을 이어갔습니다.

“하려고 했다면 일레이나 님은 학원 음악제 참가를 거부하는 것도 가능하지 않았나요?”

“?”

무슨 말인가요?

고개를 갸웃거리며 묻는 제게 그녀는 담담히 이야기했습니다.

“처음 이야기를 알았을 때부터 의문이었습니다만—— 애초에 학원 음악제 참가가 결정되었다고 하는 이야기는 어디까지나 일레이나 님께만 전달되었었죠? 그럴 마음만 먹었다면 일레이나 님 선에서 이야기를 멈추는 것도 가능하지 않았나요?”

원한다면 실라 선생님에게 이야기를 들었을 때 “아뇨 저 악기를 다루지 못하니 무리입니다만” 하고 거부하는 것도 가능하지 않았는가.

그렇게 빗자루 씨는 제게 질문을 늘어놓았습니다.

“전날에 용케도 물을 생각을 했군요.”

이미 약 한 달 정도 전의 이야기입니다만.

“그래서 실제 이유는 뭔가요?”

“…………”

저는 시선을 피하면서 답했습니다.

“아니, 이미 상당히 예전 일이라 기억나지 않습니다만…….”

“그럼 제가 예상해봐도 괜찮을까요?”

키득 웃는 빗자루 씨.

그 눈은 저의 속마음을 전부 간파하고 있는 듯했습니다.

"혹시 일레이나 님은, 이런 날들을 바라셨던 거 아닌가요?"

"…………."

빗자루 씨는 저와 아주 닮았습니다.

그녀에게 거짓말을 해본들 분명 간단히 간파당하고 말 테지요.

"그럴지도 모르겠네요."

그래서 부정은 하지 않았습니다.

평소와 같은 면면이 모여 일상을 보낸다. 목적도 없이 모인 이들이 함께, 무언가 한 가지 커다란 것에 도전해본다.

평소와 같은 날들을, 아주 조금 바꾸어본다.

그런 식으로 지내보는 것도 즐겁지 않을까 하고 생각했던 것은, 분명 사실입니다.

"역시."

우훗 하고 의기양양한 표정을 지어 보이는 빗자루 씨.

그녀는 물었습니다.

"그래서, 어떠셨나요?"

어떠냐고 하신들.

저는 쓴웃음을 지으며 답했습니다.

"생각했던 대로였습니다."

단상 위, 눈부신 스포트라이트 중심에서 드럼 스틱이 리듬을 새깁니다.

그리고 저는 노래했습니다.

여기에 있는 것은, 저희의 일상.

평소와 같으면서, 하지만 아주 조금 다른 일상.

○

연주는 무사히 끝났습니다.

단상에 섰을 때의 긴장도, 빛에 비추어졌을 때의 열기도, 노래를 마친 후에 받은 환성도, 지나고 보면 마치 한때의 꿈만 같습니다.

뒷정리를 하면서 저는 조금 전까지 서 있던 스테이지를 바라보았습니다.

학원 음악제를 위해 준비되어 있던 기재들은 이미 해체되었고, 익숙한 체육관의 일부로 돌아가고 있었습니다.

"그래서, 어떠셨나요?"

콕, 어깨를 찌르는 손길에 돌아보니 빗자루 씨의 모습이 있었습니다.

"어떠냐고 하신들."

학원 음악제 전날에 들었던 질문을 저는 떠올렸습니다.

스테이지에서 노래한 기억은 뇌리에 선명하게 새겨져 있습니다. 생각했던 대로, 상상했던 대로, 그저 즐겁기만 한 몇 분이었습니다.

"……일단 못 박아두겠는데, 어제 제가 했던 말, 모두에게는 말하지 말아주세요."

저는 쉿 하고 검지를 입에 가져다 댔습니다.

어차피 빗자루 씨에게는 저의 속마음 같은 건 간단히 들켜버리니—— 그럴 마음만 먹으면 물건의 목소리를 들어 원하는 답을 끌어내는 것도 가능하니 이야기했었습니다만, 본래 저는 솔직한 인간과는 대극을 이루는 존재입니다.

아무쪼록 부탁할게요, 하고 거듭 말하는 저.

"글쎄요, 어쩔까요?"

장난스럽게 웃는 그녀.

어머나, 이 얼마나 짓궂어 보이는 얼굴인가요.

"볼 잡아당길 거예요."

우으으 하고 뽀로퉁하게 뺨을 부풀리는 저.

학원 음악제 운영진이 제게 말을 걸어온 것은 저희가 그렇게 밝게 대화를 나누던 때였습니다.

"아, 일레이나 씨. 거기 있었나요."

그것참, 찾았잖아요 하고 이쪽으로 손을 들어 보이며 다가오는 여성이 한 명.

학원 음악제의 운영진입니다.

"아, 안녕하세요."

운영진과 직접 얼굴을 마주하는 것은 이걸로 두 번째입니다.

첫 번째는 한 달 정도 전.

실라 선생님과 이야기를 한 직후—— 그룹 대표로서 제가 혼자 미팅에 참가했던 때의 일입니다. 그때 분명 명함을 받았던 것 같습니다만, 실례지만 이름 쪽은 잊어버리고 말았습니다.

©necömi

하지만 아마 저쪽도 저를 잘 기억하지는 못할 겁니다. 아마도 운영진으로서 여러 팀의 밴드를 관리하느라 바쁜 몸이었을 테니까요.

"그것참, 오늘 고생 많았어요. 일레이나 씨. 아주 좋은 무대였어요!"

실제로 지금 그녀가 '일레이나 씨'라고 부르며 어깨를 두드리는 상대는, 저와 아주 비슷한 얼굴인 다른 사람.

빗자루 씨였습니다.

"네? 저기……?"

알기 쉽게 당황하는 빗자루 씨. 눈을 동그랗게 뜨며 저와 운영진을 번갈아 바라보았습니다.

그러나 착각은 멈추지 않았습니다.

"회장도 열기가 대단했어요. 역시 현역 여고생이 하는 밴드는 청춘이라는 느낌이 들어서 좋다니까요."

"아뇨, 저기…… 저는 일레이나가―――."

"이런, 죄송해요. 쓸데없는 소리가 길어졌네요! 바로 본론으로 들어갈게요."

"본론?"

"아하하! 에이, 일레이나 씨. 한 달 전 사전 미팅에서 이야기 드렸잖아요. **참가한 밴드한테는 사례가 나온다고.**"

"??????????"

아.

이런.

제 온몸에서 땀이 뿜어져 나왔습니다. 스테이지 위에 섰을 때보다 훨씬 고동이 빨라졌습니다.

"사례……?"

끼이이이이 하고 망가진 인형 같은 거동으로 이쪽으로 고개를 돌리는 빗자루 씨.

그런 그녀를 '일레이나 씨'라고 여전히 착각하고 있는 바보, 가 아니라 운영진은 "이런! 잊어버릴 만큼 열중했던 거군요!" 하고 웃으면서 봉투를 품에서 꺼냈습니다.

"자, 여기요! 현금입니다!"

"…………."

침묵하는 빗자루 씨.

"그것참, 그나저나 정말로 좋은 무대였어요. 한 달 전의 일 기억해요? 일레이나 씨『사례가 없으면 절대로 참가하지 않겠다』고 말했었잖아요?"

"…………."

아니 그만 입 다물어주셨으면 좋겠습니다만.

"저, 그때는『이 애 진짜 괜찮으려나』싶어서 불안했는데……. 그런데 실제로 대단한 걸 봤네요! 최고의 연주였어요. 일레이나 씨!"

"…………."

침묵하는 저희.

"그럼! 저는 이만. 사례는 꼭 밴드 여러분과 나눠서 써주세요!"

아하하하하! 하고 바쁜 듯이, 그러면서도 상쾌하게 달려가는 운영진, 이 아니라 바보.

아마 두 번 다시 만나는 일은 없을 테지요.

"이건 대체 어떻게 된 건가요? 일레이나 님."

"…………."

아니, 만날 기회가 있을지 어떨지도 확실하지 않았습니다.

제 눈앞에는 전율이 일 만큼 상냥해 보이는 미소를 짓고 있는 빗자루 씨의 모습이 있었습니다. 지폐 다발이 담긴 봉투를 끌어안은 그녀의 모습은 마치 "대답에 따라 이 녀석의 목숨이 어떻게 될지, 알 테지?"라는 인질의 명줄을 손에 쥔 악당 그 자체였고, 이제 제 생사여탈권은 그녀가 쥐고 있다고 해도 과언이 아닐 겁니다.

"아니…… 이건, 그……."

뭐라고 할까…… 이해하시겠죠?

"뭔가 좋은 느낌의 이야기로 끝날 것 같다고 생각했었는데, 저희가 모르는 데서 뭘 하고 있었던 겁니까 일레이나 님."

"무슨 말인지 전혀 모르겠습니다……."

시선을 피하는 저.

"일레이나 님, 혹시. 사례를 노리고 이번 학원 음악제에 참가하신 건가요?"

"시, 싫다아. 그럴 리가 없잖아요. 저 정도 되는 사람이 돈에 낚이다니————."

"에잇."

꽈악, 제 교복 소매를 잡는 빗자루 씨.

물건의 목소리가 들린다고 하는 그녀는 이어서 "어떻게 된 건가요? 교복 씨"라며 제 가슴께를 노려보았고, 그런가 했더니 "흐음…… 흐음……" 하고 고개를 끄덕이기 시작했습니다.

그러나 교복 씨는 평소 저와 생활을 함께하고 있는 맹우.

쓸데없는 말을 하는 일은 없겠지요?

빗자루 씨가 고개를 든 것은 그로부터 몇 초 후의 일이었습니다.

"일레이나 님. 『운영진과 만난 건 절대로 말하지 말라고 입막음 당했다』고 교복 씨가 말씀하시는데요?"

"쳇…….

불어버린 겁니까…….

"참고로 이 일을 다른 분들은 알고 계시나요?"

"쉿!"

"아니, 쉿이 아니잖아요 일레이나 님."

"……일단 못을 박아두겠습니다만, 이 일, 모두에게는 말하지 말아 주세요."

"아까 말했던 좋은 느낌의 대사를 가져와 봤자 소용없습니다 일레이나 님."

원래대로라면 조용히 뒤에서 사례를 받고 이야기를 끝낼 셈이었습니다만…… 빗자루 씨와 저의 외모가 비슷한 것이 화가 되어버린 것 같군요.

어쩔 수 없네요.

"빗자루 씨. 둘이 뭔가 맛있는 거라도 먹지 않을래요?"

"저를 매수하려 해도 소용없습니다."

그녀는 홱 고개를 돌렸습니다.

그러나 현시점에서 사례에 관해 아는 것은 빗자루 씨뿐.

그녀의 입만 막는다면 이익은 저의 것————.

"일레이나 씨! 방금 뭔가 운영진분한테 사례가 어쩌니 하는 말을 들었는데요."

남몰래 못된 표정을 짓고 있던 저의 등 뒤에서 울리는 것은 태평한 사야 씨의 목소리.

"윽."

돌아보니 밴드 멤버 전원이 있었습니다.

"저기, 사례라니 처음 듣는데?"

평온하게 고개를 갸우뚱하는 암네시아 씨.

"어떻게 된 건지 설명해야 한답니다."

그리고 뺨을 뽀로통하게 부풀리는 아빌리아 씨.

"혹시 꿀꺽하려고 했던 거 아냐?"

그리고 날카로운 시선을 제게 보내는 미나 씨.

사야 씨와 암네시아 씨는 그리 개의치 않는 것 같습니다만——여동생 두 사람에게서는 노골적으로 저를 의심하는 분위기가 흘러넘쳤습니다.

"뭐라고 말 좀 해봐."

"대답에 따라서는 묻어버릴 거랍니다."

찌릿 하고 저를 노려보는 미나 씨와 아빌리아 씨.

그리고 앞으로 다시 돌아서면 사례를 손에 들고서 방긋 웃고 있는 빗자루 씨의 모습이.

그것참 분위기의 흐름이 좋지 않군요.

“………….”

그런데 이러한 상황에 처했을 때, 어찌하면 좋은지 아십니까?

저는 알고 있습니다.

“아, 저 용건이 좀 생각나서 이쯤에서 실례할게요.”

빙글 몸을 돌리고, 저는 그대로 달리기 시작했습니다.

상황이 나빠졌다면 도망치면 됩니다.

“거기 서!”

“거기 서세요!”

그녀들이 뒤따라 달리기 시작한 기척을 느끼면서도 저는 아무 일도 없었던 것처럼 달렸습니다.

그렇다고 해도 저는 조금 안도하고 있었습니다.

속에 감춰둔 마음을 들키는 것보다는 나으니까요.

“……여전히 솔직하지 못하네요. 일레이나 님.”

등 뒤에서 빗자루 씨가 탄식하는 기척을 느끼고 쓴웃음을 지으면서 저는 달렸습니다.

이렇게 저는 평소와 같은 일상으로 돌아가는 것입니다.

여기에 있는 것은, 저희의 일상.

평소와 같으면서, 하지만 아주 조금 다른 일상.

후기

　2022년 무렵에 전업 작가가 된 이후로 나는 바쁜 나날을 보내고 있었다.

　겸업에서 작가 업에 전념하게 되면 자유로운 시간이 늘고, 결과적으로 원고에 전념할 수 있다————전업 작가로 전향한 당초에는 그런 식으로 생각했다.

　그러나 이상하게도 새해가 밝고, 2023년.『마녀의 여행』만이 아니라,『기도의 나라의 리리엘』3권,『나나가 저지르기 5초 전』간행, 그리고『마녀의 여행 학원』(특별판)의 집필 등등 여러 업무부터 드라마 CD 작업 등 셀 수 없을 만큼 업무가 파도처럼 밀려들었고, 그 결과 2023년 여름이 끝날 때까지 나는 겸업 당초보다 일에 쫓기는 매일을 보내게 되었다.

　그리하여 맞이한 8월의 일.

　————몹시도 지친 나의 몸은 투쟁을 요구했다.

　일을 하면 휴식을 맞이한다. 당연한 권리이다. 나는 수 세기 만에 PS5의 전원을 켜고, 아침부터 밤까지 밤새 독립 용병으로서 일을 수행했다. 일을 쉬고 일하다니 이게 어찌 된 일인지.

　그러나 애초에 8월은 모 게임 발매일이 있는 달이기도 해서, 이전부터 "2023년 8월은 쉴 겁니다! 절대 일하지 않을 겁니다!"라고 담당 편집자님에게도 말해두었기 때문에 8월은 기본적으로 일 없는 평온한 날들이었다.

모 게임 발매일은 8월 말이었기에 그날을 맞이할 때까지 이런 저런 것에 도전했다. 처음부터 올해 8월은 새로운 일에 도전하는 달이라고 스스로 그리 여기고 있었다.

게임 방송과 동영상 편집도 그중 하나. 실제로 소프트웨어를 만지고 동영상을 만들면서 겨우 2분의 동영상을 제작하기 위해 얼마나 많은 노력이 필요한지를 배울 수 있었다. 동영상으로 표현할 수 있는 '재미'는 소설과는 또 다른 느낌이었고, 내 안에서 '재미'의 해석이 커지는 것을 느꼈다.

전부터 여러 책의 후기에서 슬쩍슬쩍 언급했듯이 나는 온천을 좋아하기 때문에 차 구입도 단행했다.

그리고 일주일 후에 사고가 났다.

……………….

큰일인지라 다시 한번 쓰겠습니다.

차를 사고 일주일 후에 사고가 났습니다.

네.

지금 이걸 읽고 있는 여러분은 필시 당황하고 있을 테지요. 하나부터 순서대로 설명하겠으니, 여러분께서는 악어가 죽어가는 모습을 카운트다운 형식으로 바라보는 듯한 편안한 마음으로 지켜봐 주십시오. 14행 후에 사고 나는 라노벨 작가.

그것은 8월 모일의 일.

나는 오래간만에 산 마이카로 도내 모처의 온천에 당일치기로 갔다 돌아오는 길이었다. 시간대는 밤 아홉 시 정도. 2차선 대로. 차의 통행은 그리 많지 않았고, 나는 왼쪽 차선을 느긋하게 달렸다.

산 지 얼마 안 되어서인지, 소형 중고차 군은 당연하게도 상태가 좋았다. 아직 타는 게 익숙하지 않다고는 해도 전직이 차 관련이었던 덕인지 소형 중고차 군이 내 몸에 착 붙는 것을 느낄 수 있었다. 말로 할 수 없는 편안함이 운전하는 온몸에 전해져온다.

신호를 받아 멈추고, 온천에 함께 동행해준 파트너의 핸들을 부드럽게 쥐었다.

"앞으로 잘 부탁한다…… 파트너."

이 온천 여행은 시작에 지나지 않는다. 나와 소형 중고차의 모험은 이제부터다. 앞으로 나는 이 파트너를 타고 온갖 곳들을 여행할 것이다.

그렇다. 마치 일레이나 씨처럼!

그런 생각을 하며 눈을 크게 떴을 때 신호가 청색으로 바뀌었다.

"그럼 가볼까. 파트너!"

직후에 뒤에서 있는 힘껏 추돌당했다.

"파트너어어어어어어어어어어어어어어어어어어어!"

심장이 튀어나오는 줄 알았다. 『쾅!』하고 격렬한 소리가 울리더니 내 차가 멋대로 횡단보도까지 튀어나와 있었다. 무슨 일이 벌어진 거지? 뭔가 밟았나? 하지만 나 발진하지 않았잖아. 머리가 패닉에 빠진 와중에 뒤차의 헤드라이트가 지나치게 가깝다는 것을 깨달았다. 아아 추돌당한 건가…… 하고 깨달은 것은 사고 발생으로부터 상당히 긴 수 초가 지난 후의 일이었다.

바로 근처에 있던 편의점에 차를 세웠다.

차에서 내려 우선 확인한 것은 파트너의 손상 정도였다.

뒤로 돌아든 직후에 낙담했다.

파트너의 백 도어 부분이 완전히 패어 있었고, 전혀 닫히지 않는 상태였다. 운전석에 앉은 내게도 상당히 큰 충격이 있었는데, 아무래도 차도 무사히 넘어가지 못한 모양이었다. 그럼 상대측 차는 어떨까? 내 뒤를 이어 주차장에 들어온 상대측 차를 본다. 단단한 그릴 가드(차 전면에 있는 쇠 파이프 같은 것. 주로 아웃 도어에 이용하는 차에서 볼 수 있다)를 장착한 원 박스 카였다. 이건 추돌하기 위해 태어난 것이나 다름없음으로 상대측 차는 당연하게도 말짱했다.

곧이어 운전석에서 내린 것은 30대 중반으로 보이는 남성으로, 어디를 어떻게 보아도 들뜬 차림인 것이 친구들끼리 바다에 다녀오는 길인 모양이었다. 상대 운전자와 그 친구들 사이에서는 미묘한 공기가 흐르고 있었다.

사고 뒤처리는 그 후 막힘없이 진행되었다. 경찰에 신고하고, 그 후 입회하에 사고를 기록, 그리고 보험 회사에 연락, 서로의 연락처 교환 등등을 끝냈다. 그날은 그것으로 해산. 편의점에서 보양 테이프를 사서 덕지덕지 감고 귀로에 올랐다.

가끔 길을 가다가 "어째서 저런 상태로 달리는 거야?" 하는 생각이 들 만큼 심각한 외견의 차가 다니는 모습을 본 적 없으십니까? 그거 저처럼 사고 난 후 집에 가는 차입니다.

이리하여 일련의 소동이 끝난 후, 기다리고 있는 것은 보험 회사와의 절차. 솔직히 말씀드리자면 상당히 귀찮다. 냉큼 끝내고 싶은 마음을 안고서, 나는 상대 보험 회사에서 연락이 오기를 기다렸다.

상대 보험 회사(회사 이름은 숨기겠다)는 상당한 대기업. 아마도 신속하게 대응해주리라 기대하며 나는 연락을 기다렸다.

연락이 온 것은 이틀 후였다.

이틀 후?!?!?!?!?!

이틀 동안 뭐 한 거야? 하고 생각하면서 전화를 받는 나. 말하길, 상대 차는 렌터카이며, 운전자·렌터카 회사와의 연계가 순조롭지 않아서 시간이 걸렸다고 한다.

뭐 됐다고 생각하면서도 나는 사고 후의 처리를 진행했다. 사고 후에 목이 상당히 아팠기 때문에 병원에 다니거나 하며 여러 가지 성가신 일을 해나갔다. 전화로 간단한 인사를 마친 다음엔 메일로 대화를 주고받았다. 멈춰 있는 내 차에 추돌해 온 것이기에 당연하게도 손해 비율은 100 대 0. 이쪽에는 잘못이 없다. 보험 회사가 지불할 위자료 등을 계산하기 위해 이쪽의 확정 신고 서류 등을 제출한다. 제시된 위자료가 너무나도 너무한 금액이었기 때문에 상담하는 나. 상대측에서 회신이 왔다.

"그럼 여기서부터는 변호사를 통해서 이야기하도록 하겠습니다."

"어째서?!?!?!?!?!"

어째서인지 궁극의 기술을 먼저 꺼내는 상대측 보험 회사.

"나도 변호사를 쓰면 되는 거잖아……."

그런 생각에 다다른 것은 그때였다. 이쪽 보험 회사를 통해서 나는 변호사 특약을 이용해 의뢰하게 되었다.

상대 보험 회사의 너무나도 너무한 대응에 나는 피폐해졌다.

이게 8월이 아니었다면 나는 지금쯤 스트레스 발산을 위해 악플이 쏟아지고 있는 화제에 대해 "우리 업계에서는~" 하고 거만한 태도로 설명을 늘어놓으며 SNS상에서만 이름을 볼 수 있는 조언가인 척하는 몬스터의 동료가 되어 있었을지도 모른다.

참고로 상대측 보험 회사의 이름은 감추겠지만, 2023년에 화제가 된 모 중고 판매 업자와 세트로 자주 뉴스에서 이름을 볼 수 있던 회사였기 때문에, 어떤 의미에서 사고 대응의 좀 그런 느낌은 매우 납득이 되었다.

아무튼, 이리하여 이런저런 경험을 쌓음으로써 나는 세상일의 해석을 넓혀가게 되었다.

속편이 나오지 않는다고 말이 많았던 모 레이븐도 지금은 2023년을 대표하는 게임 중 하나. 동영상 편집에 손을 대보며 소설에서 찾던 것과는 다른 '재미'를 접할 수 있었고, 그리고 사고를 당하면서 피해자 측도 엄청나게 귀찮아진다는 것을 알고 안전 운전에 한층 더 주의하게 되었다.

올 1년, 전업으로 지내면서 소설이란 이래야 한다, 이야기란, '재미'란, 세상과 마주하는 법은 이래야 한다, 같은 형태가 내 안에서 커지는 것을 느꼈다.

이렇게 잇따라 솟아 나오는 새로운 가치관에 접함으로써 아마도 『마녀의 여행』 시리즈 간행 초기였다면 절대 하려고 생각하지 않았을 『마녀의 여행 학원』 시리즈화도 결심하게 되었던 것입니다.

실제로 해본 덕분에 『마녀의 여행』 드라마 CD에서밖에 못 했던 숨 돌리는 느낌의 이야기를── 한 권 통째로 쓸 수 있어 개인적으로는 매우 즐거웠습니다. 다음이 나온다면 꼭 하고 싶습니다. 『마녀의 여행 학원 이야기』도 드라마 CD가 나오지 않으려나 하고 생각하며 캐릭터의 대화를 끝없이 썼습니다. 개인적으로는 루세라 씨와 프리실라 씨는 반드시 내보내고 싶었기 때문에, 1권부터 등장하게 되었습니다. 다음이 나온다면 그 외에도 본편에서 등장했던 캐릭터들이 차례차례 나오는 흐름이 되었으면, 하고 생각하고 있습니다.

재등장시키고 싶은 캐릭터가 너무 많아…….

참고로 말할 것까지도 없는 일이라고 생각합니다만 이 『마녀의 여행 학원 이야기』는 판타지 작품이며 『마녀의 여행』과는 다른 세계의 이야기이기 때문에, 본편과 같은 시리어스 한 전개는 기본적으로는 없고, 마법도 나오지 않습니다. 일부 마법 같은 힘에 의해 태어난 캐릭터도 있습니다만, 이건 뭔가 그런 느낌의 신기한 힘이 작용해 태어났다고 생각해주십시오. 이 작품을 읽는 동안은 깊게 생각하지 말고, 캐릭터들과 함께 느긋한 시간을 평온하게 보내주신다면 기쁘겠습니다.

이야기가 길어졌습니다만, 그럼 감사 인사를!

necömi 선생님.

특별판에 이어 계속해 담당해주셔서 감사드립니다! 커버 일러스트를 포함해 『마녀의 여행』에서 알아왔던 캐릭터들의 새로운 일면을 그려주실 때마다 시라이시는 절을 했습니다.

necömi 씨와 일하는 것은 작가로서 그려온 꿈 중 하나였는데, 설마 『마녀의 여행』 시리즈로 이루게 될 줄은 생각도 못 했습니다. 인생, 무슨 일이 생길지 몰라…….

미우라 님.

언제나 감사드립니다! 이 기획이 시작된 것, 시리즈화 된 것 모두 미우라 씨의 발안 덕분이기에 정말로 머리를 들 수가 없습니다. 그건 그렇고 드라마 CD 같은 것도 하고 싶네요! 하고 싶어요! 각본이라면 얼마든지 쓰겠습니다!

그리고 독자 여러분.

한 권을 통으로 전부 쓰게 된 『마녀의 여행』의 장난에 마지막까지 함께해주셔서 감사드립니다!

책이 안 팔린다, 라노벨은 팔리지 않는다는 말이 계속 들리는 현재 상황에서 이러한 별종을 선택해주신 것이 저는 무엇보다도 기쁩니다.

앞으로도 정기적으로 이러한 장난 같은 이야기를 전개할 수 있다면 하고 바라는지라, 혹여 괜찮다면 앞으로도 본편을 포함해, 응원해주신다면 기쁘겠습니다.

다음 권이 있다면 부디 잘 부탁드립니다!

그럼 이만!

[마녀의 여행 학원 이야기]

2025년 7월 15일 1판 1쇄 발행

저   자 시라이시 죠우기
일 러 스 트 necömi
옮 긴 이 이신
발 행 인 유재옥
담 당 편 집 정영길

이   사 조병권
출판본부장 박광운
편 집 1 팀 박광운
편 집 2 팀 정영길 조찬희 박치우
편 집 3 팀 오준영 이소의 권진영 정지원
디자인랩팀 김보라 전세연
디지털사업팀 김지연 윤희진 장혜원
콘텐츠기획팀 강선화
라이츠사업팀 김정미 이지현 유아현
영업마케팅팀 최원석 윤아림
물 류 팀 백철기
경영지원팀 최정연
인쇄제작처 ㈜코리아피엔피
발 행 처 ㈜소미미디어
등   록 제2015-000008호
주   소 서울시 마포구 토정로222, 502호 (신수동, 한국출판콘텐츠센터)
판매 및 마케팅 (070) 8822-2301

ISBN 979-11-384-3885-8
ISBN 979-11-384-3884-1 (세트)